背番号18

森はつえ
MORI Hatsue

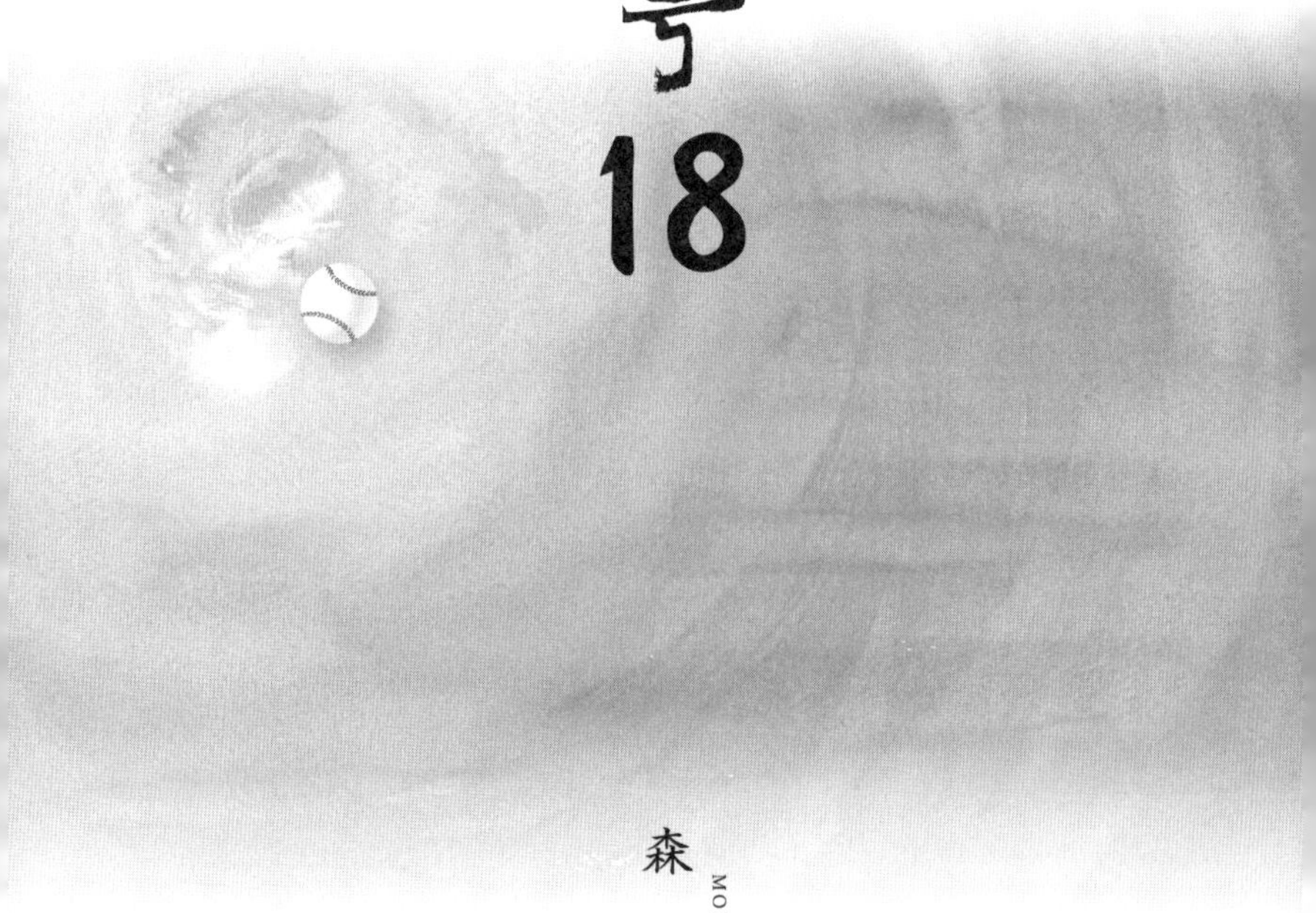

文芸社

そのひとの
てのひらから
こぼれた　やさしさは

ふかい　かなしみと
かすかな　ぬくもりと
わずかな　ひかりとなった

それらは
いつしか　よりあって
いまも　しずかに
ここにある

目次

1　生まれ変わったら

雨上がりの朝、窓を開けたらやさしい風が頬をなでた。スズメが二羽、物干竿に飛んできた。通りを挟んだ向かいに建つ小学校から校歌が聞こえた。思わず、一緒に歌った♪　兄も歌った校歌だ。胸が痛くなって、結局最後まで歌えなかった。

青天に浮かぶ雲、弧を描く飛行機。洗濯物の揺らぎ、桜の新緑、子どもたちの声、そんな平和の景色に、暫く浸っていた。

何年ぶりだろうか。時の流れに凪《なぎ》を感じるのは。

兄が逝って、5年。

ふいに、思った。兄は自分の人生をどう総括していたのだろうか？

「後悔はしていない」

きっとそう言ったと思う。つまらぬ言い訳など好まない人だったから。

生まれ変わったら、「野球選手」と、ノートに書いてあった。

生前口にしたことはなかったが、意外ではなかった。兄の野球熱が並みではないことは感じていたからだ。それに引き換え、私は全くの野球オンチ。話しても仕方ない、と思っていたのだろう。

そんな私でも、２０２３年のＷＢＣをきっかけに、大谷翔平選手の活躍を楽しみにしている。

背番号「17」は眩しい番号だ。

あれっ、そう言えば兄の背番号は？

気にしたことがなかった。応援に行ったこともなかった。ユニホームを洗濯していた母なら知っていたかも？　洗濯なら私もしていたのに……。ピッチャーだったらしいことくらいしか解らない。遺品の中に会社員時代の最優秀選手賞のトロフィーがいくつかあったから、もしかしてエースだったのかもしれない。

中学、高校、会社員時代と、背番号はあったはずなのに。一度も興味を持ったことはなかった。

今さらだが、初めて兄の背番号を知りたいと思った。

確か？　スポーツバッグらしき物を片付けた記憶は残っていた。何か尊い物のような気がして麻の布製の米袋に入れた。アレだ。

ナイロン製のクリーム色のスポーツバッグを見つけた。使い込まれたバックは、擦れにも、汚れにも、貫禄さえ感じられた。押し入れの最上段から降ろすとき、その重さに驚いた。5キロはあるだろうか？　こんなに重い物を持って移動していたのだ。時に残業をこなしながら仕事をして、練習して休日には試合。若い頃は、朝3キロほどマラソンをしてから出勤していた。

好きという気持ちが突き動かすとは言っても、どれほどの忍耐と情熱があったのだろう。疲れたとき、時折「ふぅっ」と深い息をすることはあっても、弱音を吐いたのを聞いたことがなかった。

会社員時代に使っていたものだから、使わなくなってからでも、間違いなく十数年は経っている。

ずっしりとしたそれは、兄が残した魂の一部かもしれない、と思った。

ファスナーをそっと開けた。背番号は……

「18」

あぁ！　と。

ひそかに、大谷翔平選手の17番を期待したのだが。

すぐに、そんなミーハーな自分を恥じた。

初めて見るそれら。試合に必要なアイテムは、きちんと整頓されてバッグの中に四角くおさまっていた。ひと呼吸おいて、上から順にひとつずつ取り出してみた。

使い込んで油分が抜けた乾いたきつね色のグラブ。顔を近づけると微かに革のにおいがした。そう言えば、丁寧に磨いた後、左手にはめたグラブにボールを何度か投げ入れていた。キャッチの感覚を確認していたのだろうか。革用のオイルのにおい立つ中で。

別のバッグに入った黒い革のスパイク。底の金具も錆《さ》びていて、紐も相当くたびれていた。靴の中にそっと手を入れた。指跡と思われるデコボコに触れた。大地を踏みしめ、一投入魂！　そんな気迫の化石みたいなものを感じた。

ストッキングは真っ白。泥を浴びた気配はないように見事に洗いあがっていた。

カサカサと音がする劣化したビニール袋。中にボールが3つ。それらは、狭い袋の中で身を寄せて、互いに語らっているようでもあった。いくつかのグラウンドの土をうっすら纏って。

他に、ユニホーム、アンダーシャツ。パッドなど布製のもの。

そのひとつひとつに、野球にかけた兄の時間の痕跡が、ミクロのベールとなって存在しているかのようだった。

夢を叶えさせてあげたかった。せめて、挑戦できる環境だけでも……。

そんな絵空事を、と一笑に付すか、ありがとう、と言うのか、聞いてみたかった。

兄には、数えきれないやさしさと、生きるための機微や、厳しさも教わった。

スキー、スケート、観劇、映画。みんな兄に連れていってもらった。ボーナスを貰うと必ずお小遣いをくれた。まるで親。いや、親以上だった。どれも、自分が親にしてもらいたかったことだったのでは、と思うと、無性に切ない。

利己的で卑小な自分は、丁寧な感謝も伝えられなかった。

兄は、現実味のない、うわついた言葉だけなんて大嫌いだった。

だから、「ありがとう」を咀嚼する。

叶わないことは求めないで、懸命に生きたからいいんだよ、これで、と言いたげに、遺影の兄は微笑んでいる。苦しくなったら、そう思うことにしている。

ファスナーを閉め終わった瞬間、ベランダにいたスズメがチィッと鳴いて、スウーッと飛んだ。声の塊のほうへ。

学校の子どもたちは、昼休み。爽やかな大気の中で、元気に、楽しげに、校庭を走り回っている。そよぐ風が運ぶ光のキラキラを浴びて。

2　わが家

私がその家に住んでいることを自覚したのは、昭和20年代後半。小学校に入る前だった。天井も低く、廃屋と見まがうような、すきま風が入る粗末な家だった。冬場は、食卓を台布巾で拭くと、その後がうっすら凍ることもあった。

家族の温もりを囲う家としての機能はぎりぎりの水準だった。が、嫌いではなかった。

竹林の隣の横に、一坪ほどの家庭菜園があったが、虫食いだらけの葉っぱを見ただけで、収穫物についてはは食べておいしかったモノはなかった。周りにはピンクの小梅《こごめ》桜《ざくら》や赤い木瓜《ぼけ》の低木があった。白いスズランも見たような気がする。端っこには大きな蘇鉄が、番人のように立っていた。

その庭に出る勝手口を開けた左側に、ご飯を炊くかまどがあった。木材でご飯を炊くのは、兄の役割だった。吹きこぼれないように釜の蓋をずらしたり、火の番をしながら、ピッチングや、バッティングフォームを確認していた。兄の炊くご飯はいつもおいしかった。

木材の調達役は母だった。戦後建てたバラックを壊すという情報を聞きつけると、廃材を頂きに行った。いつの間にか、何処からかリヤカーを拝借してくるのだった。母が引くその空のリヤカーに乗るのを、いつもせがんだ。年季の入った木製の荷台はガタガタと揺れたが、振動もまた愉快だった。ほんのひととき、子どもが子どもとしていられる何とも言えない感覚を楽しんだ。細身の母の背中は逞しく、茜空に映えて美しかった。

貧しく、ささやかな暮らしも、折々に四季を感じることができた庭も、妙に愛おしく懐かしい。

家の前の道路は、まだ舗装されていなかった。馬車が通りぬかるんだ所に、轍《わだち》の跡が残り、馬糞も見かけた。側溝のどぶによく落ちて濡れた。足元にイトミミズがいて、気持ちがわるかった。溜まった泥やゴミを浚《さら》うどぶ掃除も一仕事だった。そういえば、兄はよく手伝っていた。

さすがにそんな光景は長く続かず、いつの間にか道路は平らにアスファルト舗装され、どぶは暗渠《あんきょ》になっていた。

「大東京の新しきかなめはここにきずかれて、日ごとに伸びる豊島区よ～♪」

という歌を学校で習った。

戦後の復興期から高度経済成長期へと駆け上がる機運のあった頃だった。

豊島区の北のはずれ。北区と、板橋区の区境が近かった。国電（JR）の板橋駅に6、7分。始発電車の走る音で目が覚めるくらいに近い、東上《とうじょう》線北池袋《きたいけぶくろ》駅。さらに、徒歩5分で明治通り。バスの便もある地の利のよい場所だ。酔って板橋駅で寝転ぶと、「頭は板橋区。右手は北区。足は豊島区。大変だぁ！」と、大人が笑いながら言っていた。

小さい原っぱが点在していて、ドクダミ、ハルジオン、タンポポ、ペンペン草などの雑草が、太陽を浴びてのびやかに育っていた。そこはままごとの食材の宝庫だった。春先になると、手についた葉っぱの汁の青臭いにおいが蘇る。

近くに野球ができる広い空き地はなく、兄たち草野球チームのホームグラウンドは北区の公園だった。

道路に面して、玄関までのアプローチは、3メートル四方に竹が植わっていて、そこだけはさながら竹林だった。小学校の前の「竹の家」と言えば、配達物は間違いなく届いた。

建物は20畳くらいのトタン屋根の納屋のような平屋。流し台、窓枠、鎹《かすがい》、釘も、材料の全てを焼け跡から拾い集めて建てたのだという。押し入れの襖《ふすま》はなかった。全てを戦火に焼かれて、買う場所もない。

「物がないとはそういうことなの」

と、母は言った。とにかく、防空壕生活から脱出するために、雨露をしのげる家を、祖父、父、伯父と母、素人4人、総力戦で建てたのだそうだ。当初はトイレは外。ドラム缶風呂だった。

その後、隣接する四畳半と台所と玄関を増築。風呂とトイレも屋内にできた。こちらは、ひと目でプロが建てたものとわかる佇まいだった。

とにかく住む家が出来たところで、兄は生まれた。終戦から一年半後のことだった。

隣組は3軒。戦後、はじめて生まれた子どもだったので、町内会のアイドルとなったらしい。

しばらくは、大人たちに可愛がられて、おっとり育った。

それから数年のうちに、子持ちのご近所さんが増えて、兄の遊び相手ができたそうだ。

ところが、外に遊びに出るたび、泣き声が聞こえ、母は気が気ではなかったらしい。

「お外に行って泣くなら、おうちにいなさい」

と言うと、それからは、顔を洗って家に入るようになった、という。いじめられる様子を見ていた近所のおばさんが、

「やられてばかりいないで、あんたもやりなさい」

と背中をおしても、その場で泣いているんだから、とあきらめ顔で笑っていたそうだ。

小学校に入学してから、泣き虫伝説はなくなった、らしい。

その代わりのエピソードがある。同級生の保護者のひとりに母が聞いた話だ。それは、学校生活の中での兄の日常の行いについてだった。クラスの中のある子が、授業中に泣き出す、ということがよくあった。そのたびに、その子を家に送って行くという役目を担っていたという。母は驚いて兄に聞いたが、

「うん、そうだよ」

と言っただけだった。

後に、その時のことを、わが子に教えられた、と言った。

「あの時、担任の先生はいったい何て事をしてくれたんだ。その子と2人で学校を出すことも危ないし、帰りはひとりだなんて。何かあったらどう責任取るつもりだったのかって、文句を言いたい気持ちだった。でも、小さなわが子が、黙って人の役に立つことをしている、そう思って、振り上げた拳を引っ込めたのよ」と。


兄の葬儀を終えてしばらく経った晩秋の午後。母は、皺だらけの血管がボコボコ出ている手で湯飲みをだいて、遠い眼をしていた。泣くのかなと、思ったら、ピンクの蓮の花のような唇が動いた。

「お兄ちゃんは、私には過ぎた子だった」と。

少しうるんだ眼を私に向けて、生前のわが子の温もりを確認するかのように、湯飲みをぎゅっと抱きしめた。

そんな母を見ていたら、悲しみが溢れそうになり、指先まで痛くなった。

スッと立ち上がって、ガラスのルーバー窓のハンドルを回した。微かに乾いた風を感じ、少しだけ顔面の空気がうごいた。新校舎建て替えの工事の喧騒が聞こえた。ルーバーのシマシマの光の中を大型クレーンが怪獣のように動きまわっていた。


兄は6歳にして、すでに利他に生きる人だった。

3　プレイボール

兄の野球熱は、とにかく、すこぶる熱かった。

まだテレビのない時代。木枠でできた感度の悪いラジオがあった。直径3センチほどのダイヤルは、時々グラグラして不安定。周波数を合わせたつもりが、急にジージーとかいって聞こえなくなるような代物だった。それでも、その箱を抱くようにしがみつき、耳を押し付けて、野球放送を聞いていた。

ラジオが壊れると、直してくれる親切なおじさんがいた。そのおじさんも野球ファンで、特に巨人びいきだった。ご家族によると、巨人が負けると機嫌が悪くて困ると言っていた。

そして翌日になると、その試合の実況中継が始まるのだ。「○○打ちましたぁー。大きい～ホームラン！」とか。

もっと詳しくごにょごにょ言っていたけれど、何しろ全く野球を知らない私としては、何がおもしろいのかさっぱりわからなかったが、兄の変声期前の少し甲高い声が、耳の奥深くに残っている。唯一、かわいい兄の記憶である。

またあるときは、その放送から得た試合の情報を可視化する記録ノートに、詳細に書き留める様子もあった。

近所でキャッチボールをしていたのだと思うが、残念ながら目撃したことがない。

巨人ファンのおじさんはテレビを買った。その日、おじさんは息子さんに、

「ともちゃんを探して連れてきて」

と言ったそうだ。野球放送を見せてやりたい、と。

おかげで兄は、テレビで野球放送がある日は、いつもお邪魔して見せてもらったのだそうだ。

時には、お風呂に入れて頂いたり、寝てしまって母が迎えに行くこともあったとい

う。

わが家にテレビが来るまで、そんな親切なご近所さんに甘えさせて頂いた。心温まる思い出だったにちがいない。

小学校も高学年になると、下校とともに、いつものグラウンドで野球をやっていたらしい。

時折、息を切らして帰ってきては、

「30円、30円」と手を出して、

「はやく、はやく」とせかしたという。

わけを聞けば、仲間の打った、ホームランボールが、グラウンドの近所の家のガラスを割ったので、みんなで弁償するためだと。そんなことが何度目かの時、

「アノおばさん怒りんぼなんだよ」と兄。

そりゃあ、こう頻繁じゃ、怒りたくもなるよ、と、母は割られたお宅の住人に同情

していた。

「ベースボール」を冠した雑誌も購読していて、食い入るように見ては、情報を蓄積していたのだと思う。

推しのチームが巨人だったのかは、確かめたことはなかった。

でも、王貞治選手を「ワンちゃん」、長嶋茂雄選手のことは「長嶋さん」と呼んでいた声のトーンから、お二人のことは「推し」だったにちがいない。

野球オンチでも、興味をもって聞いたら、きっと沢山のことを教えてくれたと思う。

兄はおとなしい人だったが、人と話をすることは嫌いではなかった。

ぼそっと、独り言のように言ったことでも、丁寧に拾って、核心をつくひと言をくれたり、身勝手な意見には「それはおかしいな」と、苦言を呈してくれた。

人に対して、心底丁寧でやさしい人だったから、兄との会話は楽しみでもあり、学ぶことも多かった。

野球の話がきっかけだったら、楽しげに、人生哲学なども混ぜながら、訥々と話してくれたのではないか。もったいないことをした。

大谷翔平選手の打つホームランの中に「ブラスト本塁打」というのがあるのだそう（ブラスト指数とは、速いスイングスピードで、どれだけバットの芯で正確に捉えられたかを示す指標）。

以前、書道の師匠に言われたことを思い出した。よい線質を作るためには、落筆（筆先が紙面に触れたとき）した時の力が力として活きるように運筆することが大切、と。「芯」が共通のキーワード。一脈通じるものがありそうな気がした。

野球のことと、つながる話なら、なおさら聞いてみたかった。

大谷選手をはじめとする若い世代の選手の活躍を、どんな顔をして見たのだろうか……。

ゲリラ雷雨の過ぎた夜空は、安堵を湛えていた。あたりの木々は、十分な湿気と僅かなほてりに包まれて、影のように佇んでいた。

4 「バカ」と呼ばれた子

ある夏の日の夜。

私は押し入れの上の段に閉じ込められて、足をドタバタさせて、大声で泣き叫んでいた。1センチほどの隙間から、部屋の明かりが見えた。蒸し暑く暗い押し入れの中は、恐ろしく怖かった。涙と汗でぐちゃぐちゃだった。

しばらく泣いていると、そこに兄が顔を出して、泣きながら、

「早く、ごめんなさいしな」

と繰り返し言った。それを見た祖父が、

「なんだ、怒られているほうだけじゃなくて、外野が泣いているのか」

と、笑っていた。

それでもなお、私は、

「イヤだ、ごめんなさいしない」

と泣き続けた。

この光景ははっきり記憶に残っているのだが、何で怒られていたのか全く覚えていないのだ。だから、自分の気持ちがどう収まったのかも。

はっきりしているのは、兄の姿に母が折れて、押し入れから出してもらった、ということだけだ。

恥ずかしながら、私は、母によく怒られた。「バカ」と言われ、げんこつで頭をたたかれた。ズンと来る鈍い痛みの記憶は、しばらく忘れていたのだが、なぜか3年くらい前に、ふと蘇った。

今でもそんなに悪いことをしたという思いはないのだが……。おしゃべりだったので、母の癇《かん》に障ることを言っていたのかもしれない。

無駄に明るく、ひょうきん。勉強は得意ではない。そんな私を、世の中でちゃんと生きていける大人にしなければならない。なのに、この現実は……と、出来の悪いことを憂いていたのだと思う。

母親として子育て成功!! というところまでこぎつけたい、世間の皆様から称賛されるような人に育てたい、と焦っていたのだと思う。

「何でもいいから、これは人に負けない、というもの、一番になれるものを見つけなさい」

と、事あるごとに言われた。

無理難題以外の何ものでもないと、私としてはそう気にしていなかった。

そのことがあって数年過ぎた頃、和服を縫っていた母は、手をとめて、突然こう言うのだった。

「お兄ちゃんがね、『あいつの性格は明るくていいな。羨ましいよって。だから、それをつぶさないように、あんまり勉強、勉強って言わないで。あいつのいいところを大事にしてあげて』って」

兄に、私のことを愚痴った答えだった、ということだ。

母は腑に落ちた訳ではないが、正論だと思ったので、私に伝えたのだと思う。

この時、兄は中学二年生。兄は優等生だった。スポーツも勉強もできるし、人望もあった。

母は、学校の保護者会は私のクラスに行くのは気が重いが、兄のクラスに行くのは晴れがましい、というようなことを言った。

ナントひどい話、と思うが、この頃の私は妙に納得していた。

母の不満は解消されないまま、反抗期が終わる高校生の頃まで、衝突は頻繁に続いた。

大人になってからの関係性は良くなった。ひとえに兄のお陰だ。

母が逝ってしばらくした頃、母の妹（叔母・四女）から、

「姉さんの凄いところを五女に話したので、私がいなくなったら聞いてほしい」と言われた。折角なら、直接会って、話を聞かせてほしい、とお願いした。叔母の長女であるいとこにも、証人として同席してもらった。

94歳の叔母は、間違いがあるといけないからと、話の要点をメモして待っていてくれた。おもむろにその小さなメモを取り出して、話し始めた。

姉さんは、勉強についてはほぼ良好だったが、出来ないことを指摘されると、努力をしてできるようになった。先生や学友たちだけではなく、その保護者たちからの信頼も厚く、人望があったのだそうだ。高等小学校だけで修了するのはもったいない、と、学校の先生が進学を勧めに、父親を訪ねてきたそうだ。だが、父親は、

「私には十人子供がいる。この十人全員に平等の教育をするつもりです。この子だけ特別なことは出来ないのです」

と断ったという。進学を諦め、15歳で住み込みのお手伝いさんに出ることになった、その日。同学年のほとんどが見送りに来てくれたという。小さな田舎の駅は見送

りの人でいっぱいになり、駅員さんが、

「今日は何があるのですか」

と聞いたという。叔母が言うには、出征兵士の見送りの人数より多かったのだそうだ。

母もまた優等生だったのだ。もっと学びたかったのだ。鬱屈した思いを抱えていたのかもしれない……。出来が悪い上に努力もしない私を、歯がゆい思いで見ていたことは理解できた。

子育ての成功（世間的に認められるような何かを、身につけられた子）をもって、自己実現としたい、と思ったのではないのか。兄は理想通りだったが、私は違った。そんな母の期待には応えられなかった。学んだことを、活かして何かを成すこともなく、中途半端にしてきた。

そのことを、母は諦めたが、兄は残念に思っていたのではないかと思う。

私は学業はできなかったが、茶道、華道の師範、書道の教員免許も持っていた。

茶道師範について、兄は、

「お茶を続けていればよかったのに」

と言ったし、書道の教員免許を持っているのに、

「何故、我が子に教えなかったのか」

と言われたこともある。

その問いから逃げるように、

「中途半端にやっても駄目だからね」

と言ったら、兄から、

「中途半端にね……」

と意味深に返された。

生きている人間がやることはいつも中途なんじゃないのか、と言われたような気がした。胸の奥で重い塊となったそれを動かす術が、未だに見つからない。

持てるものを次世代に伝えることが、先に生きているものの使命なのではないか。

人は、獲得した知恵や技術を後進に惜しげなく伝えることが、大切なのではないのか、と。なのに私は、ずっと、肝心なことから目をそらし逃げ回って生きてきた……。兄は決して責めているわけでも怒っているわけでもなかった。

でも、問い続けるものを私の傍らに置いていった。

母は、強く逞しく、しなやかだった。困難にもめげずに、明るく立派に生き抜いた。私たちが成人するまでの約20年間は、母の人生は壮絶だった。母だけでなく、家族は運命共同体だから、私たちも当然ながら大きな荒波を共にかぶった。

貧困による差別もうけた。舅、義姉、義妹の世話。心病む夫を抱えて、家計を支えた。義妹には障害があった。遠い親戚だというおばちゃんがしばらくいたこともある。母は、そんな、みんなを食べさせるために、ひたすら働いた。白い煙を吐いて走る機関車のように……。

進学を断念せざるを得なかった、母の無念な思いも理解できた。東京までの車中ではどんな思いだったのだろうか。いっときは、運命を恨んだかもしれない、と。叔母に話を聞いて、はじめて、母の心に寄り添うことができた気がした。

母の思いを素直に受け止められなかった愚かさを、心底反省している。

兄は、努力をしてもできないこともある、その人の能力に合ったやり方で努力すればいいことを理解していた。だからこそ、母の無理な要求から守ってくれた。いつもやさしく味方でいてくれたのだ。それなのに、折角、時間をかけて身につけたモノを活かしきれていない私に、苦言を呈したかったのでは、と思う。

いまさら、何かを成すことはできないが、せめて一つくらいは学び直したいと思う。

夜明け前。新聞配達のバイクの音。新聞をポストに入れるゴソッという音、始発電車の走行音は、一瞬、大きな空気の塊となって消えた。もうすぐ新しい朝が来る……。

5　お兄ちゃんの本箱

兄の勉強机は母の手作り。エメラルドグリーンのペンキで塗られていた。二つある抽斗《ひきだし》の取っ手は積み木だった。机の右端奥に、30センチ幅くらいの木地にニス塗りの本箱があった。それは学校の技術の時間に作った、兄の作品。

その本箱の中に「魯迅」の背表紙を見つけた。数学の教科書の左隣にピタリと並んでいた。

「ろじん？」難しそう、と思った。その後も手に取ることもなく忘れていた。

兄の遺品整理のため多くの本を移動した時に、再びその本に出会った。手にとって、ビニールのカバーで覆われた表紙にふれた。思わずめくったページに、掌編『小さな出来事』を見つけた。数分で読めた。この作品に惹かれた理由は理解できる。でも、他のものを読むと、兄が何故魯迅？　と、不思議だった。

他にも魯迅選集や共著など数冊も見つかった。拾い読みをするだけで、未だに読破できたものはない。が、魯迅の全体像を摑もうとしていたのではないかと思った。10代半ばから20代前半ばくらいに読んでいた。

後年の兄は偏ったものの見方をしないように気をつけていた。物事はうわべだけ見ていては、全体が見えない。信じていい情報か、しっかり見極めなくてはならない、と言い、言葉選びも慎重だった。

事実を見る目を曇らせないよう、人にも物事にもバイアスをかけないよう生きる人だった。

無駄なおしゃべりはしなかったが、自分の意見を持っていて、必要な時は言葉で丁寧に伝えることを大切にしていた。

『小さな出来事』のあらすじは……


主人公は田舎から北京に赴任した、国の役人。

その主人公「私」が、あるひどい北風が吹きまくる日、人力車を呼んで外出した。

目的地近くで、突然、人力車が老婆と衝突する。事故だ。

私は、老婆にかまわず目的地に行ってくれと言う。老婆はわざと人力車に当たった。「狂言だ。私の予定を狂わして」と怒る。

だが、車夫は、ゆっくり老婆に手を貸して助け起こし、立たせてやった。

そして、老婆と一緒に向こう側にあった派出所に行った。

車夫の一連の行いに、私は、「卑小な自分」に気づく。

この出来事を思い起こすたびに、苦痛を忍んで、自分自身のことに考えを向けようとする。「私を恥じさせ、私を奮い立たせ、さらにまた、私の勇気と希望をましてくれるのである」と。

文中にでてくる車夫は兄。「私」は私。そう思った。

数百冊はあるだろう蔵書の中には、若き日の北野武さんのエッセイもあった。実業家の著書等々、ブレーズ・パスカルの『パンセ』、宮本武蔵の『五輪書《ごりんのしょ》』、福澤諭吉『学問のすゝめ』など、ジャンルを問わず多岐にわたっている。

いつ頃のことか覚えていないが、ふいに兄がボソッとこう言った。

「諭吉って平等主義の人だと思っているでしょ？　実は違うんだよ」

その時すぐに何故？　と聞かなかったから、分からず仕舞いだった。

最近の朝日新聞にその件の記事が載っていたので、兄が言いたかったことを遅まきながら理解できた。

諭吉が陥った偏見や、優生思想や、自分たちがすぐれて他が劣っているという感覚は植民地支配の根底にあるもの等々。

改めて、知るチャンスを逃した愚かな自分に呆れている。

購入場所も様々である。カバーを見ると、本の街神田、札幌や松山、大阪と、出張先で買ったと思われるものも結構ある。その時々の各地の空気を纏って鎮座している。

晩年は『古事記』や『続日本紀』など、日本の起源や日本史にまつわるものを読んでいた。

文中に線を引いて、「おかしい?」と書き込んでいたりした。

また、雑誌の定期購読も何種類かしていて、丁寧にきちんと積んであった。機関誌「月刊体育施設」や「マスコミ市民」とか。往年の購読「トランジスタ回路」は階段の踊り場にナンバー順に揃えて。岩波書店の「図書」だけは私が引き続き購読している。

きれい好きで几帳面な兄は、若い頃は、気候の良い5月頃に、毎年本の虫干しをしていた。

8畳間くらいの板の間に少しずつ間を開けて並べて、数時間干してはしまう、を繰り返していた。見ているだけで、気が遠くなりそうだった。

こんなものまで、と驚いたのは週刊漫画雑誌、少年サンデーや少年ジャンプまで、100冊くらいの虫干しを見たときは、やるね〜と、思わず声が出た。

本だけではなく、日々の情報源として新聞をよく読んでいたので、政治的なことで、分からないことがあると質問した。

兄は、生き字引のように丁寧に説明してくれた。時に、大きな事件があったときは、

「出来るだけ新聞全紙を読むといいよ。偏った情報は、事実を歪めることがあるから」

と言った。

祖父と兄がゆっくり話しているところを見たことはなかったのだが、あるとき祖父が不意に、

「あいつは、若いのによく物事を知っているなあ」

と言って、いたく感心していたことがあった。

物知りだったが、決して偉そうにしたり、人をバカにすることはなかった。どんな初歩的なことを聞いても、やさしく導いてくれた。

兄がいなくなってから、少しだけていねいに新聞を読むようになった。

いつも穏やかな兄だったが、権力者の不正や理不尽な行いには声のトーンをあげて怒ることもあった。

読書で得た知識や、新聞を読んだりして得た情報を、常に、偏りがないか、正しいことなのかを確認していたように思う。たまに独り言のように「あれは、おかしいな」とか「ひどいな」と言ったりした。

学びとは何か。教養とは何かを黙って教えてくれた。

亡くなる少し前に、上野《こうずけ》三《さん》碑《ぴ》がユネスコの「世界の記憶」に登録されたことで、記念のシンポジウムが開催された。参加した話をしたら、ちょっと、うれしそうに、

「勉強してますね」

と言った。褒められたような気がして、うれしかった。

6　こうちゃんごめんね

こうちゃんは叔母。戸籍上は父の妹。訳ありで、遠縁からのもらい子ということだった。

祖母が早世したので、祖父と父、父の兄（私にとって伯父）、戦死した父の弟（叔父）と、男手で育てたのだという。

成人になるころまで、本人は祖父の実子だと思っていたらしいが、伯父の妻、伯母が口を滑らしたので、本人の知るところとなった。

当時はショックを受け泣いたそうだ。

「私は、父ちゃんの娘じゃなかった」と。

祖父は、

「他人様から漏れるのは仕方ないが、身内の者が言うとは何事だ」と、伯母の軽率さに激怒したと言う。

生みの親とは会うことなく生涯を終え、わが家の墓に眠っている。手と足が少し不自由だったが、逞しく生き抜いた、という印象だ。

こうちゃんが生きた時代は「子守」という仕事があった。ベビーシッターと言うほど専門的なイメージはなく、ただ、幼子を怪我させないよう見守る役目が仕事。住み込みだが、家事はしなくてよかったらしい。

勤続年数は長くて3年、短いと半年で、「実家でございい」と、タクシーで戻ってきた。そのたびに、狭いわが家に布団などの荷物が届き、「ああ、またか」という思いだった。

母が作ったご飯を食べて、タバコを吸い、昼寝をして過ごした。ゴシップ好きだったので、時々女性週刊誌を買ってきて読んでいた。

ため息をついては「あ、あ、たいくつ、だ」と連呼するものだから、

「私は、たいくつなんて言う、くつ、履いたことない」
と、忙しい母は、イライラしていた。おまけに近所の人とおしゃべりをして、
「嫁なんてロクなもんじゃないわよね」
というものだから母の逆鱗に触れたらしい。
身長140センチくらいの小柄で、顔はそれなりに老けていた。足が不自由だった
ので、何も知らない子どもからみると、違和感があったのだろうと思う。
私とこうちゃんと2人で出かけた時のこと。駅で電車を待っていた。同じホーム
に、小学校高学年くらいの男の子が2人いた。2メートルくらい離れたところにいた
その子たちが、ジロジロ見て何か言っている様子がみてとれた。嫌な予感……と思う
間もなく、こうちゃんは、不自由な足をひきずりながら、つかっ、つかっと、その子
たちのところまで詰め寄って、
「私のこと見て笑ったでしょう」
と、抗議するのだった。男の子たちは驚いた様子で、「ごめん」みたいな感じで後ず

さりした。

そんなこともあって、こうちゃんと出かけるのが苦手だったし、こうちゃんの存在がうとましかった。

あるとき、珍しく家族皆で出かけることになった。私はこうちゃんを誘わなかった。

それから2年くらい過ぎたある日のこと、食卓に兄とこうちゃんと私が座っていた。

突然、兄が、

「こうちゃん、アノ時は誘わなくてごめんね」

と言ったのだ。こうちゃんは、

「えっ、べつにいいわよ」

と言ったきり、その場はそのまま何事もなかったかのように時が流れた。

兄は私を叱責するのではなく、心からの反省を促すため、敢えて私の前で、自らこうちゃんに謝ったのだ、とわかった。しかも長い時間心の中で温めて、最善の時を選んで。

この時ほど卑小な自分を恥じたことはない。

だからといって、兄のような広い心で接することは、未だにできない。

ただ、やさしいだけではなかった。こうちゃんにもきびしい言い方をすることもあった。

こうちゃんが仕事先の休みで帰ってきた時のこと。雇い主の奥様への文句。仕事への不平不満をたらたら言っていると、

「でも、それがこうちゃんの仕事だよね」

と容赦なかった。

こうちゃんも、

「そ、そうだけど……」

と、言いかえせなかった。

「あの奥さん、変わってるわよ」

とこうちゃんが言うときは、決まって仕事を辞めるサインだった。

突然、わが家に来られるのは閉口したが、大抵はまた、どこかに働き口を見つけるのだった。

次の仕事を探す手はずは自らした。以前の雇い主や小学校の恩師など、自らの人脈を使って、仕事の斡旋をお願いしていた。周りの人たちも、見捨てず、よく面倒を見てくれた。

こうちゃんは、働いたお金で贈り物をするのが好きだった。特に、お守りをしたお子さんにおもちゃを買ってあげるのを、無上の喜びとしていたように思う。

社会性もなかなかのものだった。

最後にお世話になった雇い主さんは、医師だった。60歳近くになっていたこうちゃんには、

「いつまでも、実家、実家と言って、甘えてはいけません」

と言い、母には、

「口幅ったいようですが、こうさんの自立のお手伝いをします。最後まで面倒を見ま

すので、今後のことはご心配なさらないように」

と言って、医院の近くに部屋を借りて、住まいを確保。さらに、生活保護の申請をしてくださった。

ありがたいことだね、と母はいたく感謝していた。

その後、一人暮らしが難しくなった頃、老人ホームへの入所まで斡旋してくださった。

このホームへ入所前の、こうちゃんの最後ののぞみは、「お義姉さんのお母さんに会いたい」だった。母は、

「『お母さん』に会いたいじゃなくて、お義姉さんのお母さんに会いたいって。かわいそうだね」

と言った。そして、こうちゃんと二人で、実家のある栃木県壬生町《みぶまち》に住む祖母のもとを訪ねたという。

しばらくして、残念なことに、くも膜下出血で入院。一度目の手術は成功した。

言語機能も回復して、

「困った、わたし、何もできなくなってしまった」

と言った。リハビリで、ブランコのように大きく体を揺らしてもらったときは、うれしそうに声を上げて笑った。着替えをする時、胸を隠して恥じらいを見せた。こうちゃんの意思のある姿を見た最後となった。その後、何度も手術を繰り返したが、回復することはなく、寝たきりとなった。せっかく入所したホームを退所した。

それから、8年余り闘病は続いた。約3か月の周期で、都内各地、千葉県など、転院を繰り返した。手続きの手順や、持ち物を書いたメモが残っている。兄の字で。

最後の入院先は千葉県流山市だった。看取りは出来ても霊安室のない病院。遺体は葬儀社さん所有の古びたプレハブ造りの建物に安置。住宅地から離れた畑の中にポツンと建っていた。ここ？　と驚くようなところだった。中の冷気に触れたとたん、思わず、「そうでなきゃね」と心の声が言った。かろうじて、遺体を安置できる条件はととのっている、と思えたから。翌日、流山の火葬場で荼毘に付した。会葬者は母、兄、私の三人。

翌日が友引だったこともあり、通夜はないため、気味悪いほどシーンとしていた。むにゃむにゃと簡単にお経をあげるお坊さん一人と、窯の番人以外は私たち家族三人だけ。廊下の突き当たりの部屋の明かりが見えたが、人の気配は感じられなかった。

火葬場は鬱蒼とした林に囲まれて森閑としていた。風も無く、薄ネズミ色に霞む早春の午後。兄が吸った煙草の煙がゆっくりと天に昇っていく。まるで、小津安二郎監督の映画に出てくるワンシーンのようだった。

一時間くらいと言われたが、予定より早く焼き上がった。一通りの骨拾いをして骨壺におさめた。骨壺の寸法が間違いではないかと思うほど骨は少なかった。

思えば、140センチに満たないくらいの体格だった。小さく不自由な体で、幼子の子守はさぞかし重労働だったと思う。事故もなく無事に務め上げたのだ。こうちゃんなりの人生を全うしたのだ、と。在りし日のあれこれを思い出した。

兄の車で遺骨をわが家へ連れて帰った。途中、川べりの土手に咲く黄色い菜の花がきれいだった。こうちゃんへの手向けのように思えた。

後日、東京都の障害者の中には、地方の施設で暮らしている人がいることを知った。家族とは年に一度しか面会できない人もいると言う。

施設にいれば、手厚い保護は受けられるかもしれない。でも、みんなと同じこの社会の中で一緒に生きる方がいい。こうちゃんは、こうちゃんとしてみんなの中で生きられたのが「よかったね」と兄は言った。

7　病む父のこと

父はおだやかで、やさしい人だった。勤勉で、戦前は人の3倍は働いたの、と、よく母が言っていた。

口数は少ないが、冗談を言うこともあった。

休みの日は部屋の隅の仏壇の前に座り込んで、静かに煙草を吸っていた。好みはゴールデンバット。その定席の天井はヤニで黒ずんでいた。父の右親指と人差し指の先は黄ばんでいた。ステテコから出た足は透き通るように白かった。

父が働いている時は、家庭内は平穏な空気が流れていた。

不穏な空気は突然やって来る。周期は短くて1年未満。長くて2年弱。便箋に退職願を書き、仕事を辞める。薬の服用をやめるなど。

それは、発症の兆しだった。父の心のバランスが壊れだした合図だった。そうなると、家の中の、同じ所を行ったり来たり。軍隊を彷彿させる足の動きで方向転換するものだから、畳の目が歪んだり、すり減ったりした。歩きながらブツブツ言ったり、ニコニコしたり、普段見ないような険しい顔をすることもあった。暴れたり、暴力をふるうことがなかったことは、不幸中の幸いだった。父ではない父が現れると、私の心も平穏を失い、ザラついた。魔物が住み着いたのかのような父は、受け入れ難く、できれば見たくない姿だった。

時には、外に出て同様なことしていることもあった。わが家の恥辱。そうも思った。早く入院させて欲しい。そのたび母に懇願した。

母としても、経済的負担や入院の相談、手続き、入院中の面会、洗濯物の交換など、時間的な負担を考えると、すぐ、という決断は難しかったのだと思う。

子ども心に、薬さえ飲めば落ち着くのに、と思っていたが、後に、本人は、動作が緩慢になる、手の震えなど、外からはわからない強い副作用に悩んでいたことがわかった。

誰にも理解されない病と、薬の副作用に悩まされていた父。晩年、母に、

「おれは、苦しみながら死んでいくのか」

と言ったという。

その話を思い出すたびに苦しくなる。私は見ないようにすれば、見えなければ、それでいい。利己的で狭量な自分を突き付けられて、自己嫌悪に陥るのだった。

その頃、兄の本棚には、精神医学や心理学、「病」「心」という文字の入った本が増えた。「どうして、そうなるのか?」「自分にできることは何か」、そう考える人だった。

いつものことながら、前後の脈絡は覚えていないのだが、こんなことを言った。

「お父さんを向こう側って考えることは、お父さんから見たら、おれたちが向こう側になるんだよ。同じ人間なのにそういう考えでいいのかな」

と、問いを投げかけられた。そういう時、大抵、答えに窮して私は沈黙するしかなかった。

その頃だった。『カッコーの巣の上で』という映画を見につれて行ってくれた。詳しいストーリーは忘れてしまったが、精神科病院の管理体制に疑問を投げかけた内容で、患者と医療従事者という二項対立で考えるのではなく、同じ人間として患者の尊厳を守ることの大切さがテーマだったと、記憶している。

精神科病院の病棟の鉄格子の中から、患者が何やら叫んでいるシーンがあって、兄が言ったような内容のセリフだった気がしている。

どんなに理性的に同じ人間と思おうとしても、病む父の姿を見るのはつらかった。母が入院の決断をしてくれると、ほっとした。

入院の手続きは秘密裏に行われる。当日、白衣の男性2人が来る。医師と看護職員だったのだろうか。医師が穏やかに父に話しかけて、入院をして治しましょう、と言うと、父が拒否する。すると、睡眠薬の注射をして眠ったところで、車に乗せて病院に連れていく。思い出しても怖い光景なのだ。

特に小さい頃の私は、その日が怖かった。部屋の外のトイレのそばの狭い空間に立ち、目をギュッと閉じて、両耳にそれぞれの人差し指を強く差し込んで、父が連れて行かれるまで、その時が過ぎるのを待っていた。そんな光景は記憶しているだけでも3回はある。

入院して2週間くらい経つと、面会の許可が出る。小学校の高学年になると洗濯物の交換をかねて面会に行くのは、私の役目だった。初めのころは電車を乗り換えて行く病院だったが、しばらくするとバスで行く病院に変わった。

交通費と面会時に食べるお菓子が買えるくらいの小銭と、着がえが入った風呂敷包みを渡され、出かけるのだった。日曜日の午後の決まり事として。

不謹慎だが、このお出かけの日は少しだけ弾んだ気持ちで迎えた。ひとりで電車に乗る開放感。父と食べるお菓子を選ぶ楽しみもあった。キャラメルやチョコレートが定番でたまにはおせんべいを買った。食べきれなかった分は持ち帰れるのもうれしかった。

入院中に会う父は、いつものやさしさを湛え、すっかり落ち着いていた。すぐにでも退院できそうなくらい、顔つきもおだやかな父に戻っていた。面会室は他の家族がいると、小声で気を使いながら話すこともあった。他愛のない話をしていたと思うが、父は聞き役。しゃべるのは私だけだったような気もする。おだやかな父を見ていると、この環境に閉じ込めていることが可哀想に思えた。状態のよくない患者さんを見かけるたびに、状態が落ち着いた父は、入院前の私の苦悩を味わっているのではないかと、子供ながら心配になった。

精神科病棟の面会の手順は、鉄の扉の枠隣の上方についているインターホンを鳴らす。看護職員がドアの上の方についている窓から顔を出す。面会に来た旨を伝えると鍵を開けて面会室に案内される。ドアは二重になっていた。二枚目のドアは、中が見える鉄格子。どろんとした何とも言えない空気が漂っている。異世界なのだ。

一刻もはやく逃げ出したい衝動に駆られる。父を置いて帰る時、いつも複雑な思いだった。

面会室さえない病院もあった。そこは鍵のかかるドアの向こうは、病室?だった。それも小さな体育館のようで、仕切りもなかった。端のほうに布団を三つ折りに畳んで置いてあり、患者さんたちは思い思いに過ごしているふうだった。ウロウロしている人、布団にもたれかかってまどろんでいるような人。今、この場に私の魂はいませんという目つきで面会者に話しかけてくる人。様々で、患者さんは10人以上はいたと思う。そのうち面会家族は3組くらいだった。母と行った精神科病棟初体験の記憶。忘れられない思い出だ。

もうひとつは、秘密……。

そこは電車を乗り継いでいく病院。今では交通の便が良い住宅地となったところだが、60年以上前のその辺りは長閑《のどか》な田園風景が広がっていた。駅から徒歩15分くらいの所に立つ比較的新しい病院だった。

実は面会室にテーブルと椅子があったこと以外、院内の様子も建物の外観も記憶にない。その時の父の様子も全く覚えていない。

だが、不思議なことに、院外のロケーションの良さだけは今でも鮮明に蘇る。まるで絵画のよう。病院のすぐ前に小さな小川が流れていた。小径のわきには柵無しの肥溜めがあり、雪の積もった日には落ちないよう注意が必要だった。

ある日の帰り、面会を終え、洗濯物の入った風呂敷包みを持って外に出た。駅に続く真っすぐな舗装道路から右に少し入った、茅葺《かやぶ》き屋根の廃屋に向かった。廃屋の前の庭にブランコがあった。

古いが壊れてはいなかった。ずっと気になっていたブランコ。エイッと乗った。軋みがリズムのようで、心地よかった。暫く揺れて我に返った。青い空と、枯れ野の絶景を独り占め。晩秋の午後のひととき。深呼吸した鼻の奥に乾いた空気が届いた。あたりに人の気配はなかった。

急に、静寂が怖くなり、足早に駅に向かった。

8　貧乏と差別

父が心の病を発症したのは、戦後、私が2歳になる前だった、と母が言った。

戦地から帰った父は、しばらくすると、弁当を待って毎日どこかに出かけるようになった。

仕事をしている気配はなかったので、ある日、

「どこに行っているの？」

と聞いたら、

「弁当を持ってついてこい」

と言われた。私を背負って電車を乗り継ぎ、見失わないよう懸命についていった。

そこは京王閣競輪場!!　ギャンブルにのめり込んでいたというわけだ。

戦後、国民の娯楽に、競輪とパチンコが盛んになった時代だと聞いたほどなくして心を病むようになったというが、話の様子では、既に兆しはもっと前からあったのではないか、と思った。

働き手のいなくなったわが家は、たちまち生活が困窮し始めた。幼子を抱えてできる仕事も限られる。病気の診断が下った時「離婚の理由になる病気だ」と思ったが、私たち兄妹を父親のいない子にしたくなかったことと、初めから働かない人ではなかったから、と母は言った。父に情が残っていたのだと思う。病む父、祖父と叔母。子ども2人と、自分。6人分のおなかを満たすための稼ぎをしなくてはならない。とにかく生きていかなくては。考えている暇はない。母は、ただ、運命を受け入れたのだ。泣き言は言わなかった。時々「ケ・セラ・セラ♪　なるようになるわ〜」と、自らを鼓舞するように歌い、明るく元気に働いた。

後年、父が発症するたびに、私だけは何度も「なぜ別れないのか」と思った。兄に話したら、

「お母さんには、人間愛があるんだよ。夫婦愛はわからないけど」

と言った。

「愛とは、捨てないこと」。作家の遠藤周作が言ったことを思い出して、腑に落ちた。

「『ビンボー人』ってね、心までダメになった人間だと思うらしいの、他人さまは」

何が悔しいって、人間扱いされないこと。いろいろな場面で経験したが、特に生活保護申請の窓口対応をした職員の態度に怒りを覚えた。まるで、虫けらを払うような態度だったと。その時の悔しさを話すときは、いつになく感情的な物言いだった。

「でもね、お陰で『一日も早く抜け出してやる』って思ったからね」

確かに、ある時からは母は俄然、増収を意識して仕事を増やしていった。

結婚前に和服の仕立てを習っていたので、知り合いの人の着物の仕立てを請け負うようになったのが、収入確保の第一弾。さらに、早朝の公園清掃、内職と、寝る間を惜しんで仕事に励んだ。

こうなると家族は運命共同体。当然子どもも、「子どもなのでのんびりとヨロシク」とは言ってはいられない。

洗濯と台所の片付けは当然のように私の役目になった。洗濯機のない時代。たらいに水を張り、固形石鹼で洗濯板を使ってゴシゴシ。衣類だけ洗えばいいのに、手まで一緒にゴシゴシするものだから、指の皮がこすれて剝けた。冬場は特に痛く、北風が染みた。

内職は、近くの電器屋さんの仕事だった。丸い裸電球に使う虫取りカバー作り。ペンチを使って、いくつかのパーツを取り付けて完成品というものだった。失敗するとその分弁償しなくてはならないので、ペンチの作業は手伝えなかった。その仕事が入ると、2メートルくらいある和服の裁ち板は、虫取りカバー作りの作業台になり、セルロイドの円錐形のカバーで埋め尽くされた。ペンチ作業が効率よくできるように、赤、黄、青、ピンクなどのそれを並べ、部品となるバネをそれぞれの隣に置いていった。母の取り付け作業が終わると、私が順に丁寧に箱に詰めた。

電球に取り付けるものだから、円錐形の直径は8センチくらい。色とりどり。まるで小人さんの帽子のようでかわいいなと思った。夏に最盛期のその仕事は暑さとの闘い。首に手拭いをさげて流れる汗を拭きながら続けた。夜なべ仕事だったが、不思議と悲壮感はなかった。睡魔との闘い、皮膚に纏わりつく不快な湿気と汗のにおいが、不意によみがえる。

悔しい思い出のなかのひとつ。兄が高校で野球部に入ったことを知ったご近所の方に、

「貧乏人の子が高校に入るだけでも贅沢なのに、野球までやって……」

と言われたこと。多くのことを我慢してきたわが子の生活にまで踏み込まれる筋合いはない。兄は特別奨学金を受けていたので、学費は自分で賄った。学費を払った残りは母に渡していたのだというのに。

「貧乏するとね、悔しいことばっかり」

と母はまた言った。

喧嘩してもしょうがないから、「我慢、我慢、我慢」と頷いていた。

そんな母の気持ちを思ってか、兄は高校を卒業する時に、

「昼間の高校を出してくれてありがとう」

と御礼を言ったという。


１９６０年（昭和35年）私が小学校五年生の頃、退院してきた父の仕事にと、貸本屋を開業。詳しい経緯は謎のまま。わが家のトレードマークの竹林を伐採、整地したところに、５坪ほどの店舗を増築。新しい建材のにおいにワクワクした。また、何か新しいコトのはじまる気配にも……。

店を入ると、右側に手塚治虫、寺田ヒロオ、さいとう・たかをなどの漫画コーナーがあり、左側に夏目漱石全集や高木彬光、松本清張などミステリー作家のラインナップ。正面の棚は、横光利一など、小説、エッセイなど。真ん中のワゴンに雑誌類。漫

画雑誌少年サンデー、少年マガジン、少女漫画雑誌なかよし、りぼん、大人向け月刊誌平凡、明星など。雑誌も貸し出した。付録は、いつも常連客が買っていった。

新刊の仕入れをすると、ビニールのカバーをつけ、裏表紙内側に貸出し記録をつけるカードを貼った。

またある時は、母と一緒に問屋に仕入れに行った。選んだ本を風呂敷に包んで背負う、運搬係も担った。問屋での仕入れの他に、月1で、同業者間で20から30冊くらいの本の貸し借りをして、店舗内の本の循環を図った。それもいつの間にか私の担当になっていた。

兄は店番と称して、暇を見つけては、手当たり次第貪るように読んでいた。

母の意に反して、父はあまり店番をしなかった。

手間のかかる割には薄利であること、受験を控えた兄が勉強しないで本ばかり読んでいるのも心配。そんなことで、2年くらいで廃業。貸店舗にした。

その後、定収入に魅力を感じたらしく、賃貸を増やすことを考え、土地を半分処分し、自宅兼貸し部屋4室と店舗を新築。当初は借金返済が大変だったらしいが、暫くすると生活は安定した。

次々と暮らしの立て直しを考え、実行に移す母は溌剌《はつらつ》としていた。

兄が就職して家計を助けてくれたこともあり、ようやく貧乏という名のトンネルを抜けた。

そのころには、父も入院するほど酷い症状は出なくなっていた。多少の波はあっても、一緒に暮らして困ることも少なくなった。

戦後、20年が過ぎようとしていた。

一方で、父は、母に、

「おれは、苦しみながら死んでいくのか」

と言ったという。外見から落ち着いたように見えても、本人は生涯苦しみから解放されることはなかった。

父の苦しみのもとは何なのか、心の病のきっかけは何だったのか、兄は、ずっと前から気づいていたのではないか。戦争というものの罪に……。

父はそれでも時々仕事を探してきて、働きに行った。

時代が良かったのか、入社すると必ず正社員になった。それは良かったのだが、私はまだ学生で扶養家族。手当をもらうには通学証明書がいる。なにが困ったかいうと、数か月単位で転職をするので、年に何回も事務手続きがいることだった。そのことは私にとって、恥ずかしく、また、苦痛だった。ある時思い余って、

「もう、子どもはいないことにして」

と言ってしまった。吐き捨てるように言ったわけではなく、むしろ少し気遣ったつもりだった。

それまで落ち着いていた父が、

「おれは、子供は、なし」

と無声音で一日中言い続けるようになり閉口した。傷つけたのだとは思っても、ど

うしても詫びることはできなかった。
何か月も続いて、こちらもおかしくなりそうだった。
家族を養う、一生懸命に働く父でありたかったのだ、と今なら痛いほど分かる。
長い間、父をそういうふうに見ることができなかった。
自分が働くようになって、会社の上司と、母の苦労話と家族の話をした時だった。
上司が、
「大変だったね」
と言ったので、そうなんです、母が……と言いかけたら、遮るように、
「いや、お父さんだよ」
と言った。目から鱗が落ちるとはこのことだった。
病んで思うように働けない父の苦悩を、その人に教えられた。
働いて家族を養い、おだやかな暮らしを望んだに違いない父が、苦しみながらも、
働こうともがき、心の病みと、戦争の闇とも闘いながら生きていた。

父を一人前の人間とどうしても認められない自分。父の尊厳を踏みにじってしまった自分の内面を見られてしまった恥ずかしさが、染みとなって残った。

父は生涯で一度だけ社員旅行に行った。どうしても行きたくないと言った父に、旅行に行って、なんでもいいから私にお土産を買って来てと懇願した。お土産をねだった私に買って来てくれた25センチ丈の、穏やかで優しい面立ちの「こけし」。

ときどき、そっと掌にのせてみる。

9　人の来る家

「貧乏していたのによく人が来ていたね」

母が、しみじみと述懐した。

誰が来ても、お父さんもおじいちゃんも嫌な顔をしなかったもんね。

それにしても、ある夏の日の出来事は衝撃的だった。

遠縁というおばちゃんが暫くわが家にいたことがある。あの廃屋と見まがうあばら家の8畳間のうす暗い端っこに座り、ラジオの歌謡曲を聞いていた。わが家に、はじめて音楽という文化をもたらしたひとでもあった。時折縫い物などをしたりしていた。

傍らに、アルマイト製の丸い薬缶があり、中は麦茶が満タンだった。

あの日、突然、おばちゃんが「バカヤロー」と大声で叫んだ。

なにごと⁉と思って声のするほうを見たら、食べかけのピンクのアイスキャンディーが畳の上に、すぐそばに茶碗が転がっていた。

よく見れば、おばちゃんの兄さんと言う人が来ていたのだ。詳しい事情はわからなかったが、きょうだいげんかをしたらしい。

炎天下、おばちゃんは下駄を履いて外に出た。木製のゴミ箱に寄りかかって、顔から汗を飛ばす勢いで、さらに大きな声で泣いていた。まるで蜩《ひぐらし》と合唱しているようだった。よほど悔しかったと見えてかなり長い時間収まる様子はなかった。泣きやんでも、悲しい目をしてやさぐれていた。

お兄さんという人は帰りしなに病院を教えてくれと言うので、どうしたのかと聞くと、おばちゃんを殴った時、手のひらを痛めたとのこと。あとで聞いたら骨折していたらしい。

どんな理由があったのか知る由はないが、とんだ代償を払うことになったというわけだ。

おばちゃんは姑の酷いいびりに耐えかねて、夫と子ども二人を置いて逃げてきたのだそう。私と同い年の子と別れて来ているので、私を見るのが辛かったのだと思う。そのせいか、ときどきつらく当たられた。

子ども心に理不尽な思いに駆られたが、なすすべもなくじっと耐えた。

大人になってから、おばちゃんのあのときの気持ちを考えたことがあった。

おばちゃんからしたら、わが子より幸せそうな家庭環境にいる私が目障りだったのかもしれない。どんな内情があっても、家族が肩を寄せ合って生きているだけで幸せに見えたのだ。

私は立派な貧乏人の子。決して恵まれた環境ではない、と思って暮らしていたが、不幸ではなかったのかもしれない。そういう気づきをもらった。

姑から逃げてきた家族の話、第2弾。

ああ、これも夏の日だった。

何でもこの手の件は、予告なく突然やってくる。

この時は一家4人。夫婦と子ども2人。

すっかり日が暮れた夏の夜。

父は入院中。1人分の空きはあったが、4人となると……。

思案の結果、母と私が寝ている四畳半を一家に明け渡し、母と私は、貸店舗（夜は無人だったため）の土間を拝借して、ござを敷いて寝た。

この時は一晩だったこともあって、キャンプみたいで楽しかった。


母のもとには毎日のように染物屋のおじさんかおばさんが通っていた。染め上がった反物を持ってくる日、出来上がった着物を取りに来る日、と。

私が台所でご飯の支度をしていると、

「ねーちゃん偉いね」

とか言って帰っていった。

学校で書いた習字を貼ると、

「うまいね。字がうまいと、頭悪いのが隠せるからいいね」

と、笑って言ったりした。

お二人とも東京生まれではなかったらしいが、江戸っ子の気風の良さを彷彿させる方々だった。

近所の理髪店のおばさんは休憩がてらに来ていた。着物を縫っている母の背中に他愛のない話をしては、

「さあ、仕事に戻ろうかな」

と言って立ち上がるのだった。

たまに、こうちゃんが仕事先の子どもを連れてくることもあった。

誰も来ない日は、私が母に話しかけた。すると、

「あんまり近づかないで、反対向いて」

と言われた。お預かりしている仕立て物に唾が飛んでシミになったら大変、という

ことだった。

言われたとおり後ろを向いて、母の背中の熱を感じるところに座りなおした。

運針をするリズム、糸こきをする音、篦《へら》で印をつける時のグイグイする力が伝わった。

生命力にあふれた母の背中は、人気があったのだ。


大人になった兄のもとには、無法者がやってきた。

ウイスキーひと瓶開けても深夜にならなければ帰らない。クドクドと絡むような長い話。招かざる客。母と私は眉をひそめてそう思っていた。

でも、兄は違った。どんなに疲れていても、嫌な顔をしたことがなかった。

その人が、気のすむまでとことん話を聞いた。何十回同じ話をしても。吐き出せるものは全部どうぞ、とばかり、傾聴した。時に、兄のことを否定するような言い方をしても、決して怒ったりすることもなかった。

その人が、家族を背負って、どんな苦労をしてきたかを知っていたこと。少し前まではそれほどひどくはなかったこと。だから、

「どうして、ああなっちゃったかな？」

と、小さい溜息をついて、穏やかに言うこともあった。

しばらく経った頃、その人は死を選んだ。直葬に参列した。遺体に真っ白のワイシャツを被せ、紺のリクルートスーツを掛けたとき、不覚にも涙が出た。

その話を兄にした。

「泣くぐらいなら……。だから、生きているうちにやさしくしてあげればよかったんだよ」

その声がズンと胸の奥におりてきた。

寛容とか、やさしさから遠いところに生きている自分を突き付けられた。

お金を借りて返さない人も来た。

「ああやって来てもお金を返した様子がないんだよ」

と、母は不満げだった。兄はその人の話も、いつもと変わらず、おだやかな眼差しで黙って耳を傾けていた。母は、

「お兄ちゃんの真似はできないね」

と、観念したように言った。

そういえば、と思い出したように、お父さんも、家一軒建つくらいのお金を貸して返してもらえないことがあった。その時、

「何で、返してくれないの?」

と言った母に、父は、

「返せないからだよ」

と答えたと言う。

兄のやさしさは父ゆずり。そう思うことのひとつである。

どんな無法者に見える人でも、イヤな奴と思える人にも、それなりの背負ってきた人生がある。その人の生きてきた背景を理解しようと努力することが、聞く側のやさしさなのではないか。そう思っていたのではないか。

亡くなる3日前に会った時も、

「言えないんだよ、人のことは」

と静かに言った。

10　茶道のこと

庭掃けば　今朝足もとに　福寿草

私の茶道の師匠の句である。
師匠は、この句が似合う家に住んでいた。
師匠は父の兄嫁。伯母。

伯母の家は、わが家から400メートルくらいのところにあった。
母が何度も言った。
「戦後焼け野原になったこの辺りで、一番先に建った本建築の家だから、しばらくは目立ったのよ。みんな、うちみたいなバラック小屋だったからね」

その家は、茶道教室をやるために建てたと言っても過言ではない。庭、建物全体はそれ用に行き届いていた。稽古のたびに、

「こんなに恵まれた環境のお教室は滅多にないのよ。大抵は、ひとつのお部屋でお点前をひと通り習うくらいで、お茶事などはできないところがほとんどだから」

と、いつも自慢げに言っていた。

狭い道路から石段を五段ほど上がると、玄関に続く踏み石が三つ。それぞれは両足が乗っても十分な大きさで、あたりの地面としっくり馴染んで安定していた。両脇にはクマザサや木賊《とくさ》、椿などの植樹があり、左側には勝手口に続く小さな木戸があり、エントランスから日本家屋らしい落ち着いた風情を醸し出していた。

玄関の軒下には、厚さ4センチ、幅40センチ、高さ30センチくらいの木製の看板があり、「松岱庵」と右から順に書かれていた。引き戸の枠横左の10センチ幅の細長い

板に、「茶道教授　○井○千」と書かれた看板も掛かっていた。この看板が素敵だからとお弟子になった人もいた。広い玄関は、十数名ほどのお弟子さんが一堂に会すお茶事の時にも、対応できた。

百坪の敷地に建つ母屋は、六畳の納戸と和室3室。直列に並んだ3室は4尺（約1.2メートル）幅の廊下に挟まれていて、どの部屋も天井が高く、立派な欄間があり開放感があった。幅一間《いっけん》の床の間と、炉のある六畳間が稽古場。隣の八畳間が水屋。稽古場に続く廊下の先は庭。外に出るとすぐ左に蹲踞《つくばい》。右に待合《まちあい》があり、中央の枯山水の向こうに離れがあり、小間として茶室に使った。

初めは、母が習っていた。3つお免状を貰ったところでやめた。

一度、兄を連れていったが、二度と行くと言わなかったそうだ。

小学校入学前、6歳の私は、はじめて「茶道」なるものにふれた。お饅頭の甘さだけは微かに記憶している。「じょうようまんじゅう」と言う饅頭のあることもこの時知った。朱色の袱紗《ふくさ》とご挨拶用の扇子と懐紙をいれる袱紗バッグを貰って、伯母に弟子入りした。

稽古日は土曜だった。土曜の午後だけは違う自分になった。

ここで「いい子」を演じる修行も一緒に始まった。

伯母夫婦には子どもがいなかったこともあり、伯母は茶道の後継ぎにしたいと思っていたらしい。だからといって、特別厳しい指導を受けたという記憶はない。

ただ閉口したのは、お弟子さんの前で、

「この子は貧乏を見ているからしっかりしているの」

と紹介されたことだ。貧乏と言う刻印を押され、逃れようのない空気に居心地の悪さを感じたが暫くすると、不思議なものでそのくだりにも慣れた。

伯母はプライドの高い人だった。世が世ならこんな家の人間とは結婚しなかった、と言って伯父のことは下に見ていた。何でも伯母の生家は、山形の米沢藩のナントカで家柄がよかったが、訳あって没落したので東京に出て来たのだという。伯父との出会いの経緯は聞く機会がなかった。

娘時代はよき家の子女として様々な教養を身につけていた。和歌を嗜み、茶道、書道、華道、和裁どれも師範を持っていた。伯父はそんな伯母を尊敬していた。ワガママを言う伯母に逆らわなかった。着物も茶道具も欲しがるものは何でも買った。

人の好き嫌いもはっきりしていた。喧嘩をして伯母のもとを去ったお弟子さんも少なくなかったという。

子どもの目から見ても、女王様のようだった。だから、逆らってはいけない。そう理解して稽古に通った。

粗相のないように「はい」という言葉以外は言わないよう、余計なことを言わないよう、伯母の機嫌を損ねないよう、細心の注意を払った。そのかいあって、伯母は生涯、私をいい子と認識して疑うことはなかった。

ところが、私のいい子を疑った古いお弟子さんがいた。

娘さんのいるそのお弟子さんは、母に、

「おうちでも、ああなの？」

と聞いたという。母が即座に、

「いいえ」

と答えたら、

「そうだよね。普通じゃないものね」

と笑ったそうだ。


そういうわけで、師匠と弟子の関係は悪くなかった。

普通は初歩から段階的に奥に進むため、上級者のお稽古は見せないものらしいが、見て覚えるようにと、早いうちから濃茶点前や炭点前、裏方の仕事など、惜しみなく見学させてくれた。お陰で覚えが早いわけではなかったが、いつの間にか身についていった。

茶道の稽古という表の修行だけでなく、裏方も学べたことは得難い経験だった。夏と冬（初釜）のお茶事の裏方経験は、もてなす側の心構えと、客人の心の機微を学ぶ場でもあった。

特に初釜は一年の大切な行事。数日前から庭や家の掃除をする。

前日には、床の間に家元好みの軸を掛け、花入れには床につくくらい長い柳と一輪の紅梅。紹鷗棚にはぶりぶり（平安時代の玩具）香合。水差し、茶杓も、棗《なつめ》も茶入れも仕覆《しふく》も新年用。炉縁もいつもの無地の黒塗りではなく、蒔絵のあるものに変える。それらがすっかり出揃うと、一気に茶室は神聖さを増す。何とも言えない高揚感。不思議と、それが子ども心にも漲るのだった。

そこに当日は炉に火が入り、微かにパチッと炭のはじける音、ほとんど音としては聞き取れないほどの湯の沸く音。シュ―ン……。静寂の中のそれらの響きが、新たな息吹の始まりのようだった。

新しい年の息吹を全身に浴びて、一年の始まりを受け止める。普通の暮らしでは味わうことがない特別な体験であった。

お懐石料理の献立つくりは伯母が、料理をするのは伯父の役目。料理人になりたかった伯父は仕事を休んで、伯母の細かい指示と文句を聞きながら、料理の準備を手順よく粛々と進めた。築地で材料を集めて作る懐石料理はプロ並みで味は絶品。盛り付けも美しかった。

料理の手伝いはできなかったが、漆器の扱いを学んだ。

初釜当日、玄関先に水を打ってお客様をお迎えする。晴れ着が濡れないようにあたりをふき取る加減がまた絶妙でなければならない。地味だが意外に難しいことのひとつだったかもしれない。

ここで、一旦家に帰って晴れ着に着替える。大忙しだ。息を切らして私が戻ると、待ってましたとばかりに、母が手際よく着物を着せてくれるのだった。

裾捌きよく、小走りで伯母の家に戻ると、上等な着物を身に纏った良家の女性たちがあつまっていた。百人一首などに興じている人たち。短冊に、詠んだ歌を筆でさらさらと書いている人。

「お車は何?」

「クライスラー」

という会話が聞こえたりする。さながら上流階級のサロン。絢爛豪華。花鳥の柄や、絹の光沢、品のある色彩。着物の質感それぞれがわが目を楽しませもした。

亭主である伯母が、(大小大小中中中大)と強弱をつけて銅鑼《どら》をたたくとお茶事の始まり。

ここからはお菓子やお料理を運ぶ半東《はんとう》という役目と、末席(おつめ)でお客としてお茶やお懐石料理を頂いた後、まわってきた器を下げる役目、という二刀流。どちらも気働きのいるポジションだった。クルクルと動き回る一日は肉体的にも、視覚的にも、文化的にも刺激的で充実していた。

学校の中に居場所はなかったが、大人の中で何とか一人前に扱ってもらえたことは、辛うじて自己肯定につながった。伯母夫婦から綺麗な着物を買ってもらえるのも嬉しかった。

先生の姪ということで、「貧乏人」とばれていても差別されずに済んだ。だから居心地がよかった。

外では、

「貧乏人のくせにお茶なんか習って」

と言われていることを知って、自分を見せないよう、用心して生きることを学んだ。

伯母からは、

「身につけた芸は泥棒にとられる心配もないのだから」

と、一生懸命励むようにと言われた。茶道の所作は順調に身につけたので、高校生のころに師範の免状を頂いた。

この頃、私のお点前を見た伯母の茶友たちに、

「いい後継ぎができたね」

と褒められたのだそうだ。伯母の茶友たちは、当時、表千家の東京支部の中では重鎮だった。その方々からお墨付きを頂いたことは、この上ない讃辞と受け取った。伯母はたいそう喜んで母に伝えた。それを聞いた母の満更でもない様子が伝わった。兄にも話したのだと思う。

私の中では特別の感慨はなかった。

大分後になって、そのころのお点前で感じた「無」の境地のような感覚を思い出した。

お点前の所作から次の所作に移る時、無意識に流れるように手先が動いて一つのお点前が終わる。それは、伯母の模範点前から学んだもの。初めて伯母が師匠。そう思えた。

伯母はそれから間もなく病をえて、私が22歳の時に亡くなってしまった。

せっかく身に付けた芸も、私の内面の奥深く眠らせてしまった。

すっかり忘れかけていたある日のこと……。

懐石料理の一年を学ぶために、料理屋さんでお運びの仕事をしていたことがある。裏千家とご縁のあるその料理屋さんは、お運び役の女の子に茶道を習わせていた。初めて先生に対面する前に、先輩から「茶道は未経験」と言うようにと助言をされた。

言われた通りにご挨拶をしてお茶碗に右手をかけた瞬間、

「あなた、茶道、初めてじゃないわね。それも、習っていたのは1年や2年じゃないわね」

と見抜かれてしまった。

もうひとつは、同門のお弟子さんに30年くらいぶりに会った時に、「絶対にお師匠さんになっている」と思っていた、その方のお母さんもそう思って疑わなかった、と言われ絶句した。

長い時間をかけて、せっかく身に付けたものを活かし切れていない半端な自分。どんな言い訳を考えてみても、身の置き所のない、漠とした思いが募るばかりだった。

生きている貴重な時間も、人の心も、自分の心も捨てているように思えた。

私にとって茶道とは、何だったのか。

はっきりしているのは後戻りできないことだけ……。

兄はある時、

「お茶やっていればよかったんだよ」

と、ふいに言ったことがある。どういう思いでそう言ったのか、ずっと気になっていたが聞かず終いになってしまった。

「たとえ、やってきたことが何の役に立たなくても、無駄と言うことはないの。何事も」

と母は言った。

伯母の晩年。稽古終わりのことだった。夕暮れの縁側。湿った空気。あの日の泰山《たいざん》木《ぼく》。咲きかけの白い花が、待合の屋根を覗くようにしっかりと存在していた。あたりは刻々と黒い澱を抱いて幽遠な景色に変わっていった。

「雨戸を閉めて」

と言う伯母に、

「まだ見ていたい。閉めるの、もったいない」

と私。「じゃ、いいよ」とお許しを得た。

伯母と姪は、その時、はじめて言葉らしい言葉を交わした。遅まきながら心が通った気がした。

それから二人は、白い花が闇に包まれるまで無言で時を過ごした。

11　龍の蓋の硯

書の魅力に気づいたのはいつ頃だろうか。

茶室の床の間に掛かる茶掛け。茶花。茶棚、炉と釜。それらまとめての魅力。掛け軸だけではなく室礼《しつらい》として、トータルコーディネートに魅かれた。書の置かれる空間を意識したのは茶室の床の間であることは間違いない。が、書そのものに興味を抱いたわけではなかったかもしれない。

墨で書かれた文字は、もっと身近な所で触れていた。

伯母の書く仮名文字。山のような反古《ほご》紙の中に混ざり合うようにあった高野切《こうやぎれ》の臨書。染物屋さんが持ってくる反物の端やタグに墨書きされたメモ。筆で書かれた文字に魅かれていた。そんな実用の書は自由で時に楽しげに見えた。鉛筆書きにはない墨の濃淡。線質を飽かず眺めていたこともある。筆文字の魅力に目覚めた原点は、確かにココだ、と言える。

今でも暮らしの中にある何気ない筆文字に惹かれる。書の古典の名品と呼ばれるものの中に、草稿やメモとして書かれたものがある。王羲之《おうぎし》の蘭亭叙、空海の灌頂記、顔真卿《がんしんけい》の祭姪文稿《さいてつぶんこう》などがそれである。石に直接彫られた磨崖の碑などは、自然と融合して伸びやかな魅力がある。写経や教本として清書された緊張感のある整った書とは一線を画している。書いた人の肌合いを感じられるもの。自由な筆運びが好きだ。自由だけれどメチャクチャではないのだ。ちゃんと理にかなっている。そこが、古典の何よりの魅力。

習字教室に通っていたが、何故かその頃は、自分で書くことに楽しさを感じてはいなかった。どちらかというと、人が書いているのをぼんやり見ている時間のほうが長かった。かしこまって書いている大人の字より、えいヤァ！　と元気に書いた子どもの字のほうが好きだった。習っていた時期は茶道より短いが、心の自由度は高く安らぎのひとときだったような気がしている。

書道を大学で専攻したいと思うようになったのは、高校の書道の授業で古典を学んだからだ。上手いと褒められたからではなかった。先生から「いい字を書く」と言って頂いて嬉しかった。いまもその言葉を大切にしている。上手い字より、いい字を。

卒業後の明確な目標もないまま、ただ、何となく学びたい。それだけのゆるい理由で進学を許してもらった。

高校を出てすぐに働いてくれた兄には、申し訳ない気持ちもあったので相談した。

兄はすぐに、

「おれになら遠慮しなくていいよ」

と言ってくれた。兄の寛大さには頭が下がった。

卒業するまでボーナスごとに、小遣いもくれた。

また、出張先の韓国で、硯と法帖をおみやげに買って来てくれた。

硯は蓋つきで、その蓋には龍の彫り物のある立派なものだった。実用硯としてちょうど良い大きさだったが、もったいなくてあまり使わないまま、しまいこんでしまった。

その硯はしっとりとした感触で発墨もよかった。が、何分にも重い。まだ、キャスターなどついていない、ジュラルミン製のスーツケース。10センチくらいの取っ手が一つついているだけの旧式のそれで運んで来たであろう硯。久々に出して見た。よくぞ、私のもとに連れてきてくださいました、とお礼を言いたくなった。龍の彫り物を人差し指でなぞって、両手で持ち上げた。ずっしりと重く冷たい石。その重さそのままに、心の奥底に深く沈んでいくようだった。

大学を卒業して書道の教員免許を取得したが、教員にはならなかった。

昔、書塾にいた、あの元気な子どもらしい自信に満ちた字を書く子、そおっと慎重に丁寧に線を引く子、周りをきょろきょろ見回している子、そういう子どもたちに教えたいと思った。生活することを考えて、平日は会社勤め、日曜書塾を続けた。３年ほど経つと、塾生が１００人を超えた。一日で教えきれなくなり両立が難しくなった。やむなく会社勤めを辞めた。かわいい子どもたちに教える楽しさは何にも代えがたいものだった。

　塾生が増えると、子どもも保護者も級や段位を競争する空気が高まり、活気が出た。でも、何かが違う気がした。書とは何なのか。伝えるべき大切なことは何か。級や段位取得を目標にしているだけの書塾で良いのか。そんな疑問が膨らんでいったが、解は見つけられなかった。

　生活時間とお金と書。結婚をしたらなおさら悩みが深くなり、すべての塾を人に託し、教えるのもやめた。次第に自分も書くことから遠ざかった。

　書展に行ったり、古典に触れたり、書道に関する本を読むなどの楽しみは続けていたので、書はいつも傍らにあった。だから「書とは何か」はずっと問い続けている。

　筆を持たなくなって久しいが、この間、書友の成長過程と活躍を見ることができたこと。大学時代の友と「書」の古典の大切さを共有できることは、若き日に書道を学んだお陰にほかならない。

多くの苦労と困難を乗り越えて、作家として歩み続けている人、指導者として初心を貫いている人。それぞれの方の生き方に敬服している。

何十年も肝心なことから逃げ回って生きてきた自分。何事にも深入りしない自由は捨てがたい。が、このままでいいわけはない。

書とは、いったい何か?

書展を見ても答えは見えない。

楽しそうなパフォーマンス書道も時代の産物だと理解はできる。

各人がそれなりの信を持ってやることを否定はしない。

とはいえ筆で書いたもの全てを「書」と許容するのも難しい。

前衛書道家の上田桑鳩は晩年、もっと古典を学べば良かった、と言ったそうだ。

古典は長い時間の波をくぐり抜けてなお、残っているもの。言わば、各時代のお墨付きを得ている。「書とは何か」迷ったら古典に学ぶ。究極の解だ。

それを、咀嚼する力を養わないと、良いものを見ても真の理解はできない。

そのためには、関心領域を広げること。時には俯瞰し、ノイズと思われる文脈に接することと。柔軟な思考をするために大切な要素だと思っている。

どんなに良い師と出会っても、どんなに良いものを見ても、それを我がものとすることは並みの努力では成し得ない。自分なりの試行錯誤をするしかない。

残念ながら、自分には何かを成す能力はない。

こんな言い訳をしながら、思い出したことがある。一流と超二流の話だ。

自分には才能がないと言った時、兄が言った。

「一流になるには才能がいるが、超二流は努力でなれるよ。野球選手にも両方いるよ」

逃げないで、頑張れ。そういう思いがあったのかもしれない。

捨てなければ、きっと何かが見える、と。


なのに……。

何ひとつモノにできなかった。
これと言った目標もないままに生きてしまった。
いい加減な生き様なのに、不思議と悔いはない。
ゆるい生き方過ぎて、「悔い」さえ気づかない神経になっているのかもしれない。
でも、これが私。

心のうちのガラクタを集めたら
まだ、出来ることがあるかもしれない……。
よし！
後ろ向きの私、ｇｏｏｄ　ｂｙｅ。
がんばれ、私、
１ミリ前へ……。

強風に煽られている桜の木。大きく左右に揺れて、撓った枝から葉を散らし、幹は懸命に踏ん張っている。まるで、私の応援団！

12　ドライブ

高速道路の通行チケットを見つけた
日付は亡くなるひと月前
行き先はたぶん……栃木県壬生町
何十回と行ったその方へ
ひとりで、何を思ってハンドルを握ったのだろうか
目に映った景色は何だったのか
祖父母が眠る墓参りをしたのだろうか
川遊びをした水に、石ころに触れただろうか
鉄橋を渡る電車を見たのか

小鳥のさえずりを聞いたのだろうか
空を見上げたのだろうか
車を降りて土手を歩いただろうか
心に去来したものは何なのか
どんな思いでアクセルを踏み、ブレーキをかけたのか……

壬生町は母の実家のあるところ。

「おれ、40歳を過ぎたら免許を取るよ」

何故40歳過ぎなのか。だいぶ経ってそのわけがわかった。年老いた母を乗せて実家に連れて行くため。自分が遊ぶためではないのだ、と知って、そこまで？ と、言いかけて次の言葉をのみこんだ。

母は10人兄弟の一番目の長女。祖父は早く亡くなった。弟である長男が25歳から親代わりとなり祖母を支えた。

兄弟仲は良く、祖母存命中は兄弟会と称して何回も集まった。祖母の100歳のお祝いには、孫たち含め50名超えの人数が揃った。誰かの家の花が咲いたとか、姉妹だけの旅行、法事、葬儀など、イヤな顔一つせず、黙って送迎をした。

兄は小学4年生くらいから、夏休みにひとりで、母の実家に預けられていたらしい。推測するに、母親としては、父不在の家で、男の子の長い夏休みを見守るには荷が重すぎると思った。そこで母の一番上の弟に頼んで預けた。その間、兄は祖母とバスに乗って出かけたり、その叔父に川遊びに連れて行ってもらったりして逗留していたのだと思う。ついでに健康な男の人に触れる機会にしたかった。そんな母の思惑があった。そうは言っても、自分の手元から、わが子をそのような理由で預けることはいささかの罪悪感があったのではないのか。だから、母は生涯兄に「預けた」とは言わなかった。

話の前後関係は覚えていないが、兄が、

「男の子として、男親が病みがちなのは寂しい」

と母に言ったと言う。その時、母は、

「私はお父さんの分まで、2人分頑張ってきたつもりでいたけど、お父さんの代わりはできなかった」

と肩を落としていた。

母が秘密にしておきたかったそのことを、兄は知ってしまった。

最後のドライブの少し前に……。

勿論、叔父に悪気などあろうはずもない。

最後の秋に、叔父から送ってもらった梨のお礼の電話をして、ついでにいろいろ話した、と言った後、

「おれは、預けられていたんだなぁ」と。

その声は言いようのない寂しさを含んでいて、今思い出しても胸が痛い。ただただ切ない……。

寂しい思いも悔しい思いも全て包み込んで、いつも穏やかに人にはひたすらやさし

く接していた。兄にもらったやさしさの数々がどれほど貴いものだったのか、漸くわかった。


本当に誰にでも、やさしかった。兄を知る人は皆そう言うと思う。

声を荒らげることもなかった、と思ったら、母は、

「一度だけ見たよ」

と言った。

法事や葬儀に行く時、近くに住む叔母も迎えに行くようになった。車で15分くらいのところだから兄にすればついでのこと、と思っていたのかもしれない。

何回かの送迎の後、その叔母の娘さんが、ナントお礼の品物を持ってきた。兄はめずらしく大きな声で、

「おれは、こんなものをもらいたくてやっているのではない。こんなことをするならもう、2度と送迎はしない。自分たち家族でやればいいことだから」

と強い口調で言ったという。

母は、

「あんなふうに言うお兄ちゃんは、はじめて」

と驚いていた。

いつ叔母さんの送迎をしても、その娘さんは在宅であっても、出て来て挨拶をしたことがなかった。母も何故「ありがとう」とか、「お世話になります」の一言、感謝の言葉が言えないのだろうか、と気にはしていた。

言葉で気持ちを伝えることさえ、兄は求めてはいなかった。通じない相手と分かり諦めたようだ。

そんな出来事の後も叔母さんの送迎は続けた。娘さんは相変わらず挨拶なしだったというが、それはもう、言っても通じないと観念した兄の結論だったのだろう。

「しょうがないんだよ」

というときは、その人を見捨てた時ではなく、その人を丸ごと受け止めた時だったから。

13　夏を愛する人は♪

夏を愛する人は　心強き人
岩をくだく波のような　ぼくの父親

兄が歌を歌うことは珍しいことだった。

この歌を口ずさみながら、部屋の中を通り抜けた。それ以外は季節がいつだったのか、兄の表情も全く覚えていない。

それでも、この日の兄を忘れない。

頼れる強い父親を欲しかったに違いない。

母に頼られ、私を守り、家に出入りする人たちを大切にした。甘えることもできず、心やすまることがなかったのではないのか。

自分だけ甘えて、兄の孤独を見ないようにしてきたのではないか。そんなずるさを恥じている。

母は晩年、「しあわせ」とよく言うようになった。「苦労しても、頑張って我慢したから今がある。周りの人からも『しあわせね』と言われるのよ」

と満足げだった。

「食べることに困らない。三度のご飯が食べられるって幸せなこと。うちも一度だけ三度のご飯が二度になりかけたことはあったのだけど、その時、着物の仕立てを依頼するお客さんが運よく前払いをしてくれたおかげで、生涯三食を食べることができた」

そう言って笑った。

もう、誰からも差別されることのない穏やかな老後に満足していた。なかよしの姉妹たちと全国各地を旅行した。

「悔しくないほど、いろんなところに行ったね」

とうれしそうに話した。そして、

「普通が一番！」

と言った。

「普通じゃない暮らしが長かったからね」

と念を押した。

人生前半の母の苦労を知っている身としては、後半で「しあわせ」と感じる余生を送れたことは、心底良かったと思っている。

母が言った「ふつう」が脳裏に張り付いた。ふつう、って何……。

じゃあ「ふつうじゃない」は？

もしかして、「ふつう」を口にした時、私たちが受けたあの「差別のたね」がついているのではないのか？

父が逝ってほっとした。貧乏から抜け出したら、もう、その体験を忘れたかった。

それって、「差別のたね」を握ったことではないのか。

平穏の光が見えたら、いち早くそちらに向かってダッシュしたい。苦しかったことは忘れたふりをして。そうでなければ生きられない。そう思ってきた。

「差別」はしないつもりでも、無意識にそのたねを抱いている。

「差別」は驕りの産物。

そのことを気付かせてくれたのも兄だった。

兄は二項対立でモノを言うことをしなかった。そうしてはいけないという代わりに、言葉も慎重に選んで諭してくれた。

いつも、短いフレーズで穏やかに言うだけだった。

「どうかな?」は、安易に答えを出そうとしたときに、偏らないように、もっと考えて。宿題だよ、という余韻を持たせて。

「それはおかしいな」は、明らかに自分勝手な狭い視野でものを言ったときに。

「そういうことは、言っちゃいけないよ」は、人を批判したとき。人の不都合を言ったとき。

自分が言ったことに責任を持てるように、差別の芽を摘むように言い続けてくれたと思っている。

兄は、自分の視野に入る人を透明にしなかった。

その人のことをまるごと受け止めて、求めることに応えようとしていた。

私は、イヤな奴に出会ったら見ないようにした。どこかで「ふつう」の線引きをして、差別のたねを増やしていた。

兄亡き後、

「ほんとうに、どんな人にも、わけ隔てなくやさしかった」

と言ってくださった人がいた。

人の心に寄り添うとはどういうことかを、
やさしさを教えてくれた。いつも無言で。

兄は私にとって、生き方のお手本だった。

40代を迎えた頃、母に、

「夢も希望も無くなった」

と言ったと言う。

本当は、何もかもから解放されて自由になりたいと思ったのでは、自分のことだけを考えて生きられる環境を夢見たことだってあったのではないのか。兄の行いが無理をしているとは思えなかったが、頼りにし過ぎてごめんね、と思う。


兄は私が知っているだけで、大切な人を3人喪っている。

30代には心を寄せていた人。心根のやさしいおとなしくて色白で可愛い人だった。40代の頃の絶望と無関係ではないと思っている。

２０１９年。72歳。同級生2人との別れ。どちらも野球仲間だった。おふたりの後を追うようにこの年の秋に兄も亡くなった。

この年、何回か、

「おれ、来年いないよ」

と言った。ショックを受けているのだろう、そう思っていた。

夏が過ぎた頃から、急激にやせてきたので感傷的なだけではないなと心配はしていた。

町内会の役員や、民生委員などの仕事が忙しいのかな、と思ったりもした。

いつものように夕方仕事帰りに様子を見にいった。私が椅子に座るのを確認して、左に座っている兄が突然話し始めた。

「おれ、来年はいないよ」

「おれたちも、いろいろあったからな」

「何かあったら介護保険をつかえばいいよ」

「おれは、預けられていたんだな」

など冷静に訥々と……。

これまでとは違う深刻な空気にうろたえた。が、そこに母もいたので冷静を装った。

混乱して返す言葉がみつからなかった。ただその言葉たちを飲み込んで、

「いないなんて言わないで」

「また電話するからね、ね」

そう言うのがやっとだった。

兄の返事はなかった。

その日から3日後だった。

最後まで母を気遣い、私を思い、いろいろな悲哀を静かにまとめて……。

兄は人生の幕を閉じた。

アフガニスタンで井戸を掘る支援をしていた医師、中村哲先生の言葉がある。
人は人のために働いて
支え合い、
人のために死ぬ。
結局はそれ以上でも

それ以下でもない。
これは人間の仕事である。
私は、まだ、人間の仕事をしていない……。

14　戦争

母が戦争体験を話し始める時、必ずこう言った。

「『戦争』って、話したってわからないと思うけどね」

そう言いながら、徐々に熱を帯びた語り口になるのが常だった。

兄は黙って聞いた後で、

「お母さんたちのような体験者の話は貴重だよ。聞ける機会は、だんだん少なくなっていくからね」

といつも言った。

昭和19年9月30日。父の弟、叔父の戦死の日。位牌には27歳と書かれていた。遺骨はおろか、髪の毛一本も無い。戦地は南方と記載された戦死広報が届いただけだった。骨壺にはその紙切れが入っているのだと言う。

どれだけ多くの家族がそんな残酷な知らせを貰ったのだろうか。

そんな紙切れ一枚で身内の死を受け入れられるわけはない。

出征兵士の死を、英霊と祀り上げ、国家の暴力を隠すために死を美化して……。どれだけ多くの国民が長い時間苦しんだことか。しかも、80年経っても、未だにその苦しみを抱きつつ生きている人がいる。これ以上理不尽なことがあるだろうか。

叔父の父親、私の祖父は、生涯「あの子がいたら」といったような愚痴を一度も言ったことはなかったと言う。母は、病む夫を見ていて、義弟がいたらこうはならなかったのではないか、と何度も思った、と。

「おじいちゃんは男だね」

と言った。

戦後すぐに生まれた初孫が兄だった。次男の生まれ変わりだと、たいそう喜んで、次男の名前の一文字をとって兄の名を付けた。

戦地で心に傷を負い、帰って来たら弟の死を聞かされた父の思いは計り知れない。兄もまた、戦死の叔父と、病む父の分まで家長として期待されて、一家を背負わされた。

兄に聞いたら、「そんなことはないよ」と言ったと思うが、母は兄を大いに頼りにしていた。

戦争ってね。母の話のはじまり……

毎晩、灯火管制で真っ暗。そこに空襲警報が鳴る。防空壕に入る準備をするんだけれど、おじいちゃんのゲートルがなかなかうまく巻けない時は、私にかまわず先に避難して、と言ったと言う。空襲警報解除となると、家の中に戻って寝るという不安な日々を送っていた。

そして、とうとう3月10日の東京大空襲を迎えた。

その日、池袋は爆撃を免れた。

下町方面の空が炎で真っ赤に染まっていたこと。

普段人影もまばらな家の前のこの道が、後にも先にも見たこともないくらい、人で溢れかえっていたこと。焼け焦げた赤ちゃんを背負う、放心した表情のお母さん。リヤカーにまだ煙が上がる遺体を累々と載せて、無表情に引いて行く男性。その喧騒は、地獄絵図のようだった、と。

自分たちは、4月13日城北大空襲で焼け出された。

B29から落とされる焼夷弾はとても恐ろしかったが、突然空が明るくなって花火のようだった。音の説明はなかったのだが、戦争のドキュメンタリー番組で見た光景を思い出して、それを補った。爆音、轟音、阿鼻叫喚《あびきょうかん》……。

近くの防空壕の入り口に焼夷弾が落ちて、そこに逃げたご家族が全員亡くなられたこと。背負った赤ちゃんに火がついて親子で亡くなってしまったという残酷な話もあった。

あっという間に、見渡す限り焼け野原。遠くまでよく見えたの、と。

疎開はしなかった。すぐに防空壕生活が始まった。あの年は何だか雨が多くて、防空壕の中に雨が入って来るので水を掻き出すのが一仕事だったこと。燃やすものが湿っていて煮炊きに苦労したこと。

焼け跡から拾ってくる木が濡れているので、燃えが悪く、顔は煤だらけになった。とにかく毎日、毎日よく雨が降ったのよ、と雨に泣かされた話をよくした。

食べるものもない。水もない。何もかもが焼けてなくなったから生活が大変だった。

水は井戸のある家に貰いに行った。

食べ物が無いの。とにかく無いの。しばらくして、配給が始まったが、来るものを受け取るだけ。望むものが来るわけではない。食べ物じゃないこともあった。ある時は、マッチ一箱（3・5センチ×5・5センチ）。あの小さい一箱を三軒で分けるのよ、と、顔を紅潮させながら、口角泡を飛ばす勢いで話した。

また、ある時はバケツいっぱいのイワシ。イワシだけ。イワシの配給は多かったという。近所の瀕死のおじいさんは、

「もうイワシはいらないよ」

と言って亡くなったのだそう。

砂糖だけの配給。それで、カルメ焼きを作った。さつまいも、どんぐりの粉。

どんぐりの粉でパンを作ったけど、ホントにまずかった。なんでも食べたけどあれほどまずいものはなかった。そのまずさは生涯で一番。その辺の草を抜いて僅かなお米でおかゆを炊いて食べたこともあった。おかゆとは名ばかり、味もなく少ないお米しか入っていないのでほぼ、汁のようなもの。味も具もないすいとんは、まだ良いほうだった……。今の人には想像できないと思うよ、と念を押すように言った。

しばらく経って、ドラム缶を拾って来て風呂にした。最初に祖父が入った。踏み台が低かったため、出られなくなって大騒ぎになった。その辺にいる人の手を借りて、なんとか無事に脱出できた。その時はみんな大真面目だったの。今では笑い話だけど

ね。

「贅沢は敵だ」とか「欲しがりません勝つまでは」という標語が空虚に響いたという。戦地で亡くなった人の中には餓死者も多かったと聞く。広島長崎の被爆者の中には生きて地獄を見た生存者も沢山いたと言う。今なお、肉体の苦痛、差別という心の苦痛の両方を抱えて生き続けている。

また、上官の命令によって、侵略者として現地の人を傷つけたり、徴集と称してモノを略奪して加害者となってしまった呵責に生涯苛まれている人も多くいたという。殺戮の現場を見て、生涯心を病んだ兵士たちも少なくないことが、近年の報道でわかってきた。

戦死者310万人。ただ、数を言うだけでは命の重みは伝わらない。若者たち一人一人の希望を、未来を絶ち切った戦争。理不尽な死を遂げた人たちの無念を、その遺族の悲しみを誰が癒してくれるのか。

父は一度だけ、戦地での出来事を、母に、

「女、子供に話してわかることではない」

と言ったという。

それを聞いた母は、父の出征先は中国だった、そこで加害の現実に遭遇したのではないか、と想像したと言う。心優しい父は傷ついたのではないかと。

戦後、心を病む兵士の存在を国は知っていた。だが敢えてその存在を隠した。50年間一切口外禁止。「戦争神経症」の件。

父は無言を貫いて、ひとり苦しみながら生きて、死んだ。家族も共に苦しみ、貧困と差別に喘いだ。父のせいじゃないのに。私は病む父を受け入れがたかった。誰にも知られたくなかった。

最近、久々に学生時代の友人と会った。古い思い出話になった。わが家に来たとき、父がいつも無言で部屋の隅に座っていたのが印象に残っている、と言った。

その時、実は戦後心を病んでいてね、と会話を続けるために、つい口を滑らせてしまった。意外に友人も、

「実はうちの父もね、病んではいなかったが、とても気難しくて、特に毎年12月8日の真珠湾攻撃の日になると決まって、家族の皆が手が付けられないほど精神が不安定になって困ったの」

と言った。

ナント50年以上、互いに秘密にしてきたことを解禁してわかった事実に驚いた。戦争の爪痕が思っていた以上に広範囲に存在していることに。兵士として参戦した多くの人が、心に傷を負って戦後を生きたのだ。そして、その家族たちも苦しみながら、傷ついた兵士たちを支えた。二度と戦争をおこしてはいけない、とあらためて強く思う。

戦争は何故おきるのか。実際に何があったのか、兵士たちは何を見たのか、戦場で起こったことはどういうことなのか、戦後の家族たちの苦労は、と、それぞれの事実を知ろうとしなければならない。

わが家でも既に母が亡くなったように、経験者の生の声を聴くことは難しくなっている。

今年はいつもより戦争に関する新聞記事を読んだ。ドキュメンタリー番組や映画も見た。戦後を生きる多くの苦悩する人たちを見た。そのことで「絶対に戦争はＮＯ」と思う気持ちが高まった。

テレビ中継を見た。作家の澤地久枝さんが国会前で「９条の会」の運動を続けている姿だ。

戦争の悲惨さを知ること。その悲惨な事実に対して想像力を働かせて深く理解しようとすること。そのことをより多くの人たちと共有して、今ある平和を守る意義を考える、と。

訴え続けることの大切さを話されていた。

画面いっぱいに「ＮＯ　ＷＡＲ」のプラカードが映し出された。

まずは、戦争の情報のはじっこにふれること。ふれたら、情報の山に分け入っていく。その中で考える。もし、家族が怪我をしたら、殺されたらどう思うか。

家族の誰かが敵地で徴集という名目で略奪をせざるを得なかったり、傷つけたりしたらどう思うのか。家が焼かれて、食べるものがなくなったらどうするのか。学校や病院が爆撃で崩れたら……と、一つずつ自分事として考える。

戦争とは、人と人が傷つけあい互いの尊厳を滅茶苦茶に踏み躙る、愚かな行為であることに気づく。戦争神経症のような後遺症も考えれば、戦争が終わっても苦痛は生涯続くことになる。

今すぐ戦争反対と声に出す勇気がなくても、戦争反対と思い続ける。せめてそこから……。


晩年、兄は通販でＤＶＤを二度購入していた。

「昭和と戦争」8巻と、「太平洋戦争」6巻。
「太平洋戦争」1巻だけ開封してあった。のこり13巻は未開封のまま。
13巻未開封って、ひょっとして、私の啓蒙のため？
「いや」と静かに言う兄がいた……。

15　追憶

家族揃っての和やかな時間を持てた記憶はない。しいていえばこの日かなと思う。

ある夏のこと。母が作ったツーピース。上着はノースリーブ。スカートにはリボンが結べる紐がついていた。白地に赤、ピンク、黄、水色の矢車草《やぐるまそう》の柄のプリントされた、当時、一番のお気に入りの洋服を着ていたこと。3人でお出かけしたこと。父に会えたことでハイテンションだった。うれしくて弾んだ気持ちでスキップしていた。

母と兄と私。父の見舞いに行った帰り道。父と食べたキャラメルの残りを箱ごと抱えて持っていた。立ち止まってキャラメルをひとつ包みを剥いて口に入れた。調子に乗ってフワッと包みを道路に投げた。すぐに、

「拾いな」

と声がした。振り向くと、兄が指差した。「えっ」と、立ち止まった私に、「それ」と言うように、顎が動いた。拾って兄に渡したら、兄はそれを半ズボンのポケットに入れた。兄はその時、小学3年生だったと思う。

思い出すたび、冷や汗が出るほど恥ずかしくなるのだが、わが幼少期の心弾む記憶のひとコマでもある。

大人の生活の歯車に組み込まれて家事の手伝いや茶道を始めた頃だった。子どもらしさを取り戻すために、ふざけたり、おどけたり、ちょっと羽目を外して周りの反応を見ていたように思う。

兄は私のような馬鹿な真似をしたことがなかった。いつも物事を冷静に見て落ち着いて判断するような子どもだった。どちらかと言うと大人びていた。

小学校高学年の時、友だちから後楽園に行く誘いを受けた時だった。経済的に難しいことは承知の上で、母に行きたいと言った。母は、「子どもだけで遊びに行くのは危ない」と言った。やっぱりな、と、あきらめかけた時兄が口を開いた。

「いつも、お父さんの病院の見舞いは一人で行かせているじゃないか。遊びに行く時だけ、危ないなんておかしい。お母さんはズルい」

と言った。お金がないから行かせられない、と言えば、兄も何も言えなかったと思う。理由が理不尽だと言ってくれたのだ。母はお兄ちゃんに完敗と言った。

事実を歪めずに、正直に生きることの大切さを教えてくれた。後年折に触れてこの時のことを思い出すのだが、兄のようにきっぱりと生きるのはなかなか難しい。

兄も小さい頃、少しは悪戯もしたらしい。

「お兄ちゃんはね悪戯を注意しようと名前を呼んだだけで、泣き出した。まだ何もしていないでしょ？　と言うと、『だってお母さん怒るでしょ』と言ったのよ」

聞き分けが良かったので母には好都合だったのだと思う。

母は同じように育てたつもりなのにと、私の不出来をいつも嘆いていた。

兄について困ったことは、ただひとつ。質問攻めをしてくることだった。ひとつ答えると、続いて、それはどうして？　と、次々、深掘りしてくるのに太刀打ちできず、いつも閉口したらしい。

母を困らせた兄の「問い」は成長するにしたがって、解を本の中に求めるようになったのだと思う。

知識欲のある兄こそ、昼間の大学を出してやりたかった。出せなかったことを悔やんでいると、母は顔をくしゃくしゃにして泣いた。悔いて泣く母の姿をはじめて見た。能力がないわけではなかったのに。申し訳ないと。それなのに私の進学を受け入れてくれてと言ったら、習い事をさせていると思えば良いよ、と答えたのだそう。

大学進学については、私も申し訳ないと思っている。行くべきではなかった、と思ったこともあった。今さら時間を巻き戻せない。兄は私が後悔する姿を見たくないはずだ。だから前を向く。

亡くなる少し前に、人の集まりは均質じゃないほうがいい、と言った。

同じ境遇、同じ経験……。同じがつく集まりは心地よいことも多いと思うが、いろいろな経験をした人の集まりがいいと思うよ、と。
違いを認めあうことの大切さを言いたかったのだろうか？
たくさんのやさしさを置いて、突然、兄はいなくなった。
頬をそっと撫でて通る、なんでもない風のように……。

末期のクラッシュアイス　―あとがきにかえて―

夏のほてりが残る10月の初め、その日は青空に白い雲が浮かぶ好天だった。

当時働いていた職場にかかってきた電話の声は息子だった。

どうして？　と思う間もなく、

「おじちゃん、亡くなったのよ」

「今、お父さんと警察にいる」

検視のために兄の遺体と夫と息子が警察にいることだけはかろうじて理解できた。

「おばあちゃんはどうしているの？」

「家にいるよ」

とにかく、母のもとに行かなくてはならない。

上司に事情を話し、同僚には受け持ちの仕事をお願いして、職場を飛び出した。

駅まで5分ほどの距離を走っただけで額に汗が滲んだ。

電車の見える右側の土手にススキの穂が揺れていた。

山手線《やまのて》に乗ったら、昼どきだったことに気が付いた。

母はショックを受けて食事どころではないのかもしれない……。

でも食べられるなら食べたほうがいい。そう思ってコンビニでたまごサンドとオレンジジュースを買った。

実家の玄関を開けるといつもの穏やかな様子の母がいて拍子抜けした。

そのサンドイッチとジュースを見て、

「あら、美味しそう」

とペロリと食べたのには驚いた。

毎日一緒に暮らしていた、たった一人の同居人である息子が亡くなった衝撃や悲しみはないのだろうか。それとも衝撃が大きすぎて受け止めきれないのだろうか。その様子は疑問だらけだった。

そのことを母に聞いたところで解を得ることは難しいだろうと思ったので胸の内にしまいこんだ
「びっくりしたねぇ」

と言うと、泣くわけでも言葉に詰まるわけでもなく淡々と話しだした。

兄は朝の散歩が日課だった。散歩から帰ってきて、玄関の上がり口にしばらくいた気配があったが、朝食を食べる二階には来ないで自分の部屋のある三階へ行った。

いつもなら散歩の後すぐに朝食を食べに来るはずなのになかなか降りてこないので、見に行ったら倒れている息子を確認したとのこと。

当時の母は耳が遠く電話の対応も困難な状態で、外出は兄の介助を必要としていた。

なのに、と思うまもなく、大きな声で呼んでも揺すっても動かないので、これは大変と思い近所の交番にひとりで行ったのだと言った。帰りは若いお巡りさんに支えてもらって帰ってきたけどね、とケロッとしているのだった。

近いとはいえ、ゆるやかな坂道があり信号もある。いつもならその距離は車椅子での移動だったはずなのに。母を知る人たちも一様に驚いていた。

あるひとは「火事場の馬鹿力」だね、と言った。

葬儀の準備のため、私はその日から実家に泊まることにした。

夜になると母は急に心細そうに、

「明日からわたしどうやって生きていこう。施設に行くのもいやだし、あなたの家に行くのもいやだし」

と言うのだった。

結局この家で暮らしたいという一択。わたしにとって選択肢はなかった。

優しい兄なら母の意思を尊重するだろう。自信はなかったが迷いはなかった。

着の身着のまま母のもとで暮らすことになり、ほどなく介護生活が始まった。

寝たきりになりたくない、それが母の矜持だった。ギリギリまで頑張って最後の日を迎えた。その日の早朝、足の指先が紫色になっていることに気づいた。

「今日かもしれない」

来るべき時が来た。落ち着いてそう思えた。

看護師さんやケアマネージャーの方に看取りのポイントを教えて頂いていたからだ。飲食ができなくなったときは、排出機能も衰えているのでそのままに。口が渇くのでクラッシュアイスをあげると良い。呼吸が止まったら慌てると思うから、一番に連絡するところを決めておくといい、など。

昼近くなると、呼吸は、吸気が短く吐く息が強く苦しそうにみえた。そのリズムは若き日、家族を支えたあのエネルギーの残りを吐ききってしまおうと思っているかのようだった。もはや私にできることはクラッシュアイスをあげることだけ。いつものようにティースプーンに小指の先くらいのそれを母の口に時々運んだ。途中イチゴ一粒を潰した果汁と、リンゴ8分の1をすり下ろした果汁も一滴ずつ無言であげた。

三時を少しまわった頃だった。クラッシュアイスが上歯にあたった。「カチッ」と小さな音をたててスプーンにもどった。ゆっくりと溶けゆく氷を見て我に返った。母の望みどおりこの家で看取ることができたことに、例えようのない安堵を覚えた。障子に目をやると、薄いオレンジ色の陽射しが静かに揺れていた。立春間近のやわらかな光に導かれるように母は逝った。99歳。大往生。その顔はおだやかで美しかった。

兄が逝って三年余りが経っていた。

著者プロフィール

森 はつえ（もり はつえ）

1949年生まれ。
東京都出身。

背番号18

2025年4月15日　初版第1刷発行

著　者　森 はつえ
発行者　瓜谷 綱延
発行所　株式会社文芸社
〒160-0022　東京都新宿区新宿1－10－1
電話　03-5369-3060（代表）
03-5369-2299（販売）

印刷所　株式会社フクイン

ISBN978-4-286-26391-5　JASRAC 出 2500511 － 501